Jean-Paul Delfino

Tu touches pas à Marseille

Éditions Métailié
5, rue de Savoie 75006 Paris
www.editions-metailie.com
2000

ISBN : 2-86424-330-X
ISSN : 1283-2804

À celui qu'Orson Welles qualifiait,
à juste titre, de plus grand acteur
du monde : Raimu...

PREMIERE MAURESQUE

— Ah, Josiane... Ma Josiane... Mais qu'est-ce je t'aime ! Depuis hier soir, tu m'as mis les *aliboffies* [1] en raisins de Corinthe et le Chinois en Mozzarella. Josiane, laisse-moi te dire que t'es une experte, une déesse de l'amour. Tiens : t'es tellement bonne que je pourrais te regarder qu'avec les mains...

Vautré sur le dos, les yeux plus gonflés qu'une paire de paupiettes avariées, le ventre tout gargouillant de pastis, le Marseillais souriait avec délectation. Il était près de midi. Un soleil généreux pénétrait par les persiennes à claire-voie et s'accrochait à une forme généreuse, abondante, roucoulante, ronronnante, confortable à souhait et jouisseuse sans remords. La belle Josiane, une gredine demoiselle de la préfecture échouée la veille dans le bar de l'Aviation, quai de Rive Neuve, ne se lassait pas de ces hommages rendus à ses inclinations pourtant toutes naturelles. Vêtue d'un simple string, elle trônait sur le lit et buvait cette déclaration, une langue coquine sortie entre les lèvres. Lui, continuait, à mi-chemin entre l'amour véritable et une divagation épicurienne dictée par ses sens enfin apaisés. D'une main distraite, il caressait les hanches larges de sa conquête. De l'autre, il tirait sur sa Gitane sans filtre, un peu à la façon d'un privé de Harlem.

Dehors, les voitures se faisaient rares. On entendait à

1. Testicules, en argot marseillais.

peine les filins d'acier battre contre les mâts des bateaux. Une petite musique douce et familière, rythmée par une tramontane naissante.

Juste de quoi laver le ciel.

Pour que ce bonheur soit parfait, Josiane s'était levée et avait commencé à préparer un petit déjeuner façon brunch phocéen : pastis en entrée, omelette aux câpres, beurre d'anchois en mouillettes, spaghetti *alle vongole* et Banons crémeux. Le tout, baigné d'un rosé de Cassis presque moelleux à force d'avoir pris le soleil sur les restanques[1].

La vraie vie.

Le Marseillais fit claquer sa langue dans sa bouche tout fraîchement empastissée et déclara :

— Josiane ?

— Quoi ?

— Tu vois, ce serait bien si Vieux Switch était ici...

Josiane éclusa son pastis cul sec et entreprit d'agrafer un soutien-gorge dont chaque bonnet aurait pu remplacer avec bonheur le spi ou le génois d'un lévrier des mers :

— Vieux quoi ?

— Vieux Switch...

— Et c'est qui, ça ?

— Mon ami, mon frère, mon collègue... Lui et moi, on a tout partagé ensemble.

La belle se retourna vers le Marseillais avec un rien de brusquerie. Le visage inquiet et l'œil noir, elle le pointa du doigt :

— Fais attention : moi, je suis généreuse mais dans ce domaine, je partage rien, hein ? C'est chacun sa mère... Surtout s'il est vieux.

— T'inquiète pas, ma Josiane. C'est un gentleman,

1. Terrasses de terre construites à flanc de collines.

Vieux Switch. Du pur sucre. En ce moment, il est en reportage à Casablanca.

— C'est un journaliste ?

— Ouais, et un fameux encore ! Il est parti écrire un papier sur le quartier de l'or.

— C'est possible... En tout cas, tiens-toi le pour dit : je couche pas avec les vieux.

Comme il allait répliquer, trois coups sourds résonnèrent contre la porte de la chambre. Josiane courut se blottir sous les draps pendant qu'une main actionnait la poignée.

— Oh, Bernie ! lança le Marseillais avec sa bonne trogne. Qu'est-ce y t'arrive ?

Pour toute réponse, le géant roux avança jusqu'au lit, tête basse, un peu gêné. Puis il déposa sur la table de nuit le numéro du jour de *La Provence.* Avec sa voix traînante et un peu rauque, il murmura :

— Je crois qu'il y a un problème...

— Quoi ?

Le Marseillais écrasa sa Gitane dans le cendrier et déplia le journal, un peu fébrile. En première page, une vue du quai de Rive Neuve et un gros titre, sur huit colonnes :

Le Vieux Port est à vendre !

Grosse affaire...

DEUXIEME MAURESQUE

Malgré son reste de cuite et ses cheveux en pétard, le Marseillais envoya bouler *La Provence* d'un geste rageur. Il sauta du lit, courut jusqu'à la fenêtre et ouvrit tout grand les persiennes. De l'autre côté, à plus de cent mètres, ça remuait féroce pour un dimanche. Toute une armada de grues bordait la rive du quai du Port, face à la mairie. Des convois exceptionnels, gyrophares dehors et panneaux clignotants, obéissaient à une nuée d'employés municipaux équipés de drapeaux pour la circulation.

— Ils ont fondu les plombs, ou quoi ?

Le Marseillais se frotta les yeux à plusieurs reprises :

— Mais c'est pas vrai ! Bernie : dis-moi que je rêve ! Dis-moi que c'est le premier avril !

Le géant secoua la tête en silence, en signe de dénégation. Sur le Vieux Port, les grues arrachaient un à un les voiliers, les yachts, les pointus [1] et les barquasses [2] à l'eau grise, avec méthode, sans précipitation. Des aconiers casqués les arrimaient au dos des camions avant que ceux-ci ne disparaissent vers les docks, par l'avenue de Saint-Jean. Pour protéger la manœuvre, un service d'ordre armé interdisait l'accès à une foule de curieux silencieux. Vu la tronche des pandores, tout laissait à supposer que leurs pistolets-mitrailleurs crachaient de

1. Bateaux marseillais.
2. Idem.

vraies bastos brûlantes plutôt que des grenades lacrymogènes pour étudiants en colère.

— La con de leurs morts ! hurla à nouveau le Marseillais.

Il claqua la fenêtre, envoya péter le plateau-repas en récupérant son velours grosses côtes et s'habilla en un tournemain. Pendant qu'il enfilait ses Docksides rescapées d'une autre époque, il fulmina encore façon grand genre :

— Mais qui c'est, ces enculés ? Ils me vident mon Vieux Port à moi, sans même me demander mon avis ? Mais ils sont jobards ou quoi ? Ils ont le cerveau en pointillés ? Attendez que je descende, bordillasses ! Voleurs de bateaux ! Tueurs de Vieux Port ! Assassins de patrimoine !

Toujours recroquevillée sous les draps, Josiane tenta de le calmer :

— Arrête... Ils sont nombreux, tu sais ? Et ils attendent qu'une chose pour te...

— Pour me quoi ? Tu crois quand même pas que je vais me laisser acheter le Vieux Port sous le nez, non ?

— Mais...

— Y'a pas de mais ! T'es Marseillaise ou t'es Aixoise ? Parce que si t'es Marseillaise, tu devrais savoir qu'ici, y'a trois choses que tu peux pas toucher : c'est le Vélodrome, la Bonne Mère et le Vieux Port !

Avant de disparaître dans les escaliers, accompagné comme son ombre par Bernie, il ajouta :

— Et encore, je te les donne pas dans le bon ordre !

Il ne fallut que trois minutes aux deux hommes pour parvenir sur le quai du Port. Bernie en tête, ils fendirent la foule muette et s'approchèrent du premier cordon de CRS. Un sans grade, le moule à idées compressé sous le casque noir, les arrêta net. Aussi grand que Bernie, sec comme un fagot de sarments, la trogne couperosée et l'air mauvais de ceux qui portent l'uniforme, il leur lança un martial :

— Halte ! On ne passe pas !

Bernie colla son visage au sien. Sans un mot, il attendit un signe du Marseillais. En mal de patience et à court de civilités, celui-ci lâcha d'une voix sourde :

— Bernie, explique-lui bien qui on est...

Aussitôt, le poing droit du géant partit se ficher dans l'estomac républicain. Le souffle coupé, la panse en bouillie pour grabataire et l'œil soudain plus blanc que celui d'un poisson égaré sur un pont de navire, le CRS faillit tomber. Ce ne fut que grâce à la gifle magistrale de Bernie qu'il parvint à rester debout. Elle lui fractura le maxillaire droit avec un joli bruit de chêne frappé par la foudre et plia son nez contre sa pommette gauche. Avant de basculer en arrière, il poussa un petit soupir et s'écroula, l'arme toujours serrée sur la poitrine.

Bernie s'effaça et céda le passage au Marseillais. Le visage trempé de sueur par sa course rapide, les mains enfoncées au plus profond des poches pour ne pas emplâtrer tout ce qui passait à sa portée, il avança d'une dizaine de mètres et hurla à l'adresse d'un aconier :

— Oh, figure !

L'homme, un portefaix ayant brûlé la cinquantaine depuis longtemps, se retourna avec mollesse :

— C'est pour quoi ?

— T'aimes pas la mer ou quoi ?

— Et si, j'aime la mer...

— Alors pourquoi tu m'enlèves tous les bateaux ?

L'aconier souleva son casque orange et se gratta le front, perplexe. Puis il se contenta de répondre :

— Ma foi... C'est le chef qui l'a dit !

— Et qué chef ?

Il désigna un petit homme tout en nerfs, vêtu d'un costume bon marché de coutil bleu. Il prenait des notes sur un calepin presque aussi grand que lui.

— C'est lui ton chef ?

— Ouais...

— On s'en occupe ! Bouge pas, va !

Le Marseillais entraîna Bernie en direction du contremaître. Celui-ci n'était pas du genre commode. Trapu, la moustache saupoudrée de pellicules et les mains calleuses à force de se pignoler tous les premiers samedis du mois devant Canal, il puait à dix mètres la prétention humaine. Le Marseillais l'attrapa par le col et le fit pivoter sur lui-même :

— C'est à cause de toi, tout ça ?

— Tout ça quoi ?

Le Marseillais balaya d'un geste de la main le Vieux Port à moitié vide et le balai des convois exceptionnels :

— Ça ! Vider le Vieux Port pour mieux le vendre ! C'est à cause de toi ?

— Oui... Non ! Moi, je fais qu'obéir aux ordres !

— Oh putain ! Toi aussi ?

— Que voulez-vous que je...

— À force d'obéir aux ordres, il reste plus que des

décérébrés du bulbe, ici ! Qu'est-ce tu dirais si j'allais chez toi et que je vende ta maison sans t'avertir ?

Le Marseillais fit valdinguer le petit chef à dix mètres et se retourna vers la foule silencieuse. La révolte en berne, le regard fuyant, le peuple de Phocée gardait un silence assourdissant. Quand le Marseillais se mit à les haranguer, ils opérèrent discrètement un quart de tour sur eux-mêmes, juste histoire de ne pas recevoir la flopée de reproches plein fer.

— Alors, y'en a pas un qui bouge ! On vous *escane*[1] le Vieux Port et vous bronchez pas une oreille ? Regardez-vous : vous *badez*[2] comme une armée de santons et vous vous dites Marseillais ? Figurines Panini que vous êtes ! Fatigués de la vie ! Lyonnais !

À cet instant, trois hommes encadrés par une bonne vingtaine de CRS s'avancèrent à petits pas pressés. Costumes bleu marine réglementaires, cravates relookées façon journal de vingt heures et mains manucurées : des politiques en campagne, sans l'ombre d'un doute. D'une voix de stentor, le Marseillais les reçut avec un tonitruant :

— Et voilà les gravures de mode ! Il manquait plus qu'eux !

Le premier se nommait Eric Simoni. Grand, la quarantaine bien tassée, plutôt beau gosse, il faisait partie de la nouvelle vague des politiciens rapidement montés en graine après la disparition des derniers caciques. Pour ceux de sa génération, il n'y avait qu'un seul mot d'ordre : parvenir au sommet le plus vite possible, sans trop regarder sur les moyens. Ils étaient à la politique ce que les petites frappes et les marlous étaient au Milieu. Des électrons libres, irresponsables, ingérables.

Près de Simoni se tenaient Laurent Lechart, son atta-

1. Vole.
2. Rester amorphe.

ché parlementaire, et Joseph Estroublanc, récemment nommé préfet de police. Éric Simoni s'arrêta à une distance respectable avant d'entamer le dialogue :

— Alors, monsieur ? Il y a quelque chose qui ne va pas ?

Le Marseillais étouffa un mauvais rire :

— D'après toi ?

— Je ne vois pas, non.

— Alors, tout est nickel chrome ?

— Si vous voulez parler de notre opération *Vieux Port : mains propres*, oui. Tout est parfaitement en règle.

Presque imberbe, maquillé comme une voiture volée, Laurent Lechart crut bon d'ajouter :

— Monsieur Simoni, premier adjoint de la ville, a fait adopter cette mesure dans la nuit, lors d'un conseil municipal exceptionnel. Tous les bateaux devront être transférés dans les meilleurs délais Quai d'Arenc, d'ici demain, sous peine d'une astreinte d'un montant de...

Le Marseillais le reprit de volée aussi sec :

— Ah, ferme-la, toi ! Je t'ai rien demandé !

— Mais je...

— Va te faire reluire ailleurs, je t'ai dit !

— Monsieur, je ne vous permets pas !

— Et qui t'es pour me permettre ? Tête d'enclume...

— Monsieur, vous avez l'âge d'être mon père et je ne...

— Ton père ? Mais en plus, tu m'insultes ? Pour avoir une figure comme la tienne, il faut que ton père il t'ait fini à la bière, oui !

— Oh...

Jugeant qu'aucune négociation n'était envisageable, Eric Simoni tourna les talons et murmura quelques mots à l'oreille de Joseph Estroublanc. Puis il quitta les lieux, suivi de Laurent Lechart, son poisson pilote. Le préfet de police sourit alors d'un air chafouin. Recalé au concours d'entrée de l'ENA, viré de l'IEP pour propos révisionnistes, il s'était contenté de faire ses classes dans la police. Aigre de l'intérieur, il avait progressé dans la hiérarchie à la même vitesse que les idées du Front national au sein de la population française.

Très vite.

D'un ton cassant, il aboya :

— Brigadier, débarrassez-moi ces deux guignols du plancher. S'ils résistent, employez tous les moyens nécessaires.

Le chef de meute tatoué en vert-de-gris fit claquer ses talons de façon réglementaire :

— Bien, chef ! Oui, chef ! Tout de suite, chef !

Aussitôt, les badauds reculèrent dans un silence lourd, compact. Restés seuls devant les CRS, Bernie et le Marseillais échangèrent un regard sombre. Hors de question de foncer dans le tas. Les balles de caoutchouc ne tuent personne. Mais elles vous cassent facilement les os. Au bout de quelques secondes, le Marseillais lâcha froidement :

— Allez viens, Bernie. On s'arrache. Ça sert à rien de bouger pour l'instant.

Les deux hommes longèrent le quai du Port, la honte au front. Accrochée à un mât, une vieille mouette poussa un soupir rauque, chargé de tristesse.

Dans le miroir, Marseille ne se ressemblait plus.

QUATRIEME MAURESQUE

Le lendemain matin, il pouvait être dans les dix heures lorsque le Marseillais attaqua la première mauresque derrière le comptoir de son bar de l'Aviation. Il avait encore du dégoût plein la gorge. Le déménagement des bateaux avait duré toute la nuit. À vingt-trois heures pétantes, le quai du Port était ratissé. À six heures du matin, le quai de Rive Neuve avait vu partir son dernier pointu. La navette pour les îles et le Château d'If s'était éclipsée par la mer. Lorsqu'elle avait croisé le grand phare de Planier, elle avait poussé un long mugissement. Par la porte vitrée, on ne voyait plus qu'un Vieux Port, vide et inutile, plus désolé qu'une piste de danse un lendemain de réveillon.

— Oh, Marseillais ! Fais péter le jaune, va !

Kiki-la-feuille venait de s'installer sur un haut tabouret face à la caisse enregistreuse. Tout en long, les oreilles brodées de veinules violacées, la barbe de trois jours et le crâne plus lisse qu'un cul de singe, Kiki-la-feuille était un bricoleur de la débrouille à la petite semaine. Il fourguait tout ce qui pouvait tomber des camions avec une gouaille et une perversion délicieuses.

— Alors, tu me le sers, ce jaune ? insista Kiki.

— Ça va...

Le Marseillais emplit les deux verres avec un rien d'agacement. Pendant quelques minutes, ils burent en silence. Puis Kiki-la-feuille attaqua :

— Ça fait mal au cœur, un coup comme ça. Le Vieux Port, personne a le droit d'y toucher. Il est à tout le monde. C'est sacré.

— Et pourtant...

— Pourquoi ils ont fait ça ?

Le Marseillais désigna du menton le journal du jour :

— Ils te l'ont dit : pour le vendre.

— Ça, je sais. Mais à qui ?

— Ma foi... Si Vieux Switch était là, il pourrait peut-être te répondre.

— Putain de mairie ! Ils ont le droit de faire ça ?

— Quand t'es maire, t'as tous les droits. Pourquoi tu crois qu'ils se battent tous comme des *estrasses*[1] pour passer l'écharpe ? C'est pas pour ton bonheur ni pour le mien, va...

— Alors, y'a rien à faire ?

Le Marseillais avala sa dernière gorgée et fit claquer sa langue :

— À part trouver la bonde et vider le Vieux Port, juste pour emmerder les poissons, rien.

À cet instant, Josiane déboula comme une furie. Elle était en nage. Le pouls à cent soixante, la permanente sur le chemin des écoliers et les yeux rouges comme l'intérieur d'un oursin myxomatosé, il lui fallut quelques secondes avant de reprendre son souffle :

— Marseillais...

— Qu'est-ce y a, *ma nine*[2] ?

— Marseillais... Ils vont te... te fermer le bar !

Le Marseillais sentit sa figure tomber sur le comptoir. Il blêmit :

— Qu'est-ce tu me dis ? articula-t-il péniblement.

Elle saisit la bouteille de pastis, en emplit la moitié d'un verre et remua du doigt le liquide jaune brun avec

1. Moins que rien.
2. Ma petite.

un reste de glaçons fondus. Elle descendit le tout d'une traite et embraya :

— Ils vont te fermer ton bar. Je travaille à la préfecture et la secrétaire de Joseph Estroublanc, c'est une copine à moi. Elle m'a dit qu'ils allaient te fermer ton bar et te retirer la Licence IV... Après la belle esclandre que t'as fait, ça pouvait pas finir autrement !

Le Marseillais se leva lentement et posa ses énormes paluches sur le zinc. Les quelques clients du bar arrêtèrent aussitôt de parler. Un peu comme les oiseaux se taisent, figés, à quelques heures d'un tremblement de terre.

— Bernie... commença avec lenteur le Marseillais. Fais-moi sortir tout le monde de mon café. Je sens que je vais devenir malpoli et ça va faire de la mauvaise réclame pour la maison.

Bernie déplia son double mètre. Pour rien. Le tremblement de terre avançait à vitesse grand V sur le quai de Rive Neuve et les buveurs de bière disparurent d'eux-mêmes, en file indienne, sur la pointe des pieds.

Toujours au comptoir, Kiki-la-feuille tenta de désamorcer la situation avec un timide :

— Marseillais, c'est peut-être pas la peine de...

Il fut coupé net :

— Toi, t'es un collègue et tu peux rester. Mais je te conseille de fermer ton museau si tu veux pas que je te transforme en nain de jardin...

Toujours à peu près sous contrôle, il se tourna à nouveau vers Josiane :

— Alors, comme ça, ils veulent me fermer le bar ?

— C'est Amanda qui me l'a dit. Mais c'est juste pour quelques jours, il paraît. Juste pour te...

— Le préfet, lui-même, il veut me faire fermer mon bar, à moi ?

— Oui, mais je te dis que...

— Et moi, je te dis que celui qui me fera fermer mon bar, il est pas encore né. Et je te dis qu'il est pas encore né parce que son père et sa mère, je vais te les envoyer dans les calanques de Cassis avec les chaussures en béton avant qu'ils le mettent au monde ! Tu comprends ça, dis ?

— Oui, mais...

— Y'a pas de mais ! Y'a plus de mais ! Et si ils veulent me fermer le bar, je leur fais le troisième œil au milieu du teston, tu m'entends ? Ça fait plus de cent ans que le bar de l'Aviation, il est ouvert ! Et en cent ans, personne a jamais réussi à le faire fermer. Ni les Allemands de la première guerre, ni ceux de la seconde, et encore moins le Milieu ! C'est bien clair ?

Josiane fit un pas en arrière :

— Mais calme-toi...

— Non, je me calme pas ! Je me calmerai quand j'en aurai envie ! Mais qu'est-ce c'est, cette putain de ville ? Ils sont tous tassés du cerveau, ou quoi ? Ah... Ils ont eu une fière idée, à la mairie, de se faire élire avec les voix du Front national ! Depuis que ces putains de fachos sont dans l'ombre, la ville, elle a fini dans l'impasse du cul-de-sac ! Regarde-les, les soi-disant Marseillais ! Ils ont les yeux dans le pâté, la langue en plomb et la moquerie aux abonnés absents ! C'est une véritable gabegie ! Une honte ! Alors, écoutez-moi bien, tous : le premier qui passe la porte et qui veut me faire tirer le rideau, je le plombe comme une lièvre !

— Ça, je vous le déconseille formellement...

Encadrés par une *palanquée* [1] de CRS, Eric Simoni, Laurent Lechart et Joseph Estroublanc attendaient sur le pas de la porte.

C'était clair que le pastis allait bientôt sentir la poudre noire...

1. Un grand nombre, en argot marseillais.

CINQUIEME MAURESQUE

Avec un bel ensemble, les CRS désenclenchèrent le cran de sûreté de leurs armes. Joseph Estroublanc, engoncé dans son pardessus en poils de chameau, s'approcha du comptoir. Le visage plus livide qu'un bidet lavé de frais, il gratifia le Marseillais d'un sale sourire de collabo. Sans rien dire, il décrocha le cadre réglementaire protégeant l'affichette Licence IV et le brisa sur le comptoir.

— Monsieur, finit-il par articuler doucement, au nom de la République, et par arrêté préfectoral en date de ce jour, votre bar est fermé jusqu'à nouvel ordre...

Sans un mot, le Marseillais fit le tour du zinc et se planta devant le préfet qui lui rendait vingt-cinq bons centimètres et quarante kilos. Il inspira profondément, puis :

— Au nom de la République ?

— Parfaitement. Et je vous conseille très fermement de vous tenir tranquille et de respecter la loi.

— Au nom de la République...

Ce fut plus fort que lui, il explosa en plein vol. D'une droite salée, il décrocha le préfet du sol et l'envoya s'écraser quelques mètres plus loin, dans un grand fracas de chaises et de tables renversées. Aussitôt, Bernie monta à l'assaut. Avant que les CRS ne pointent leurs armes, il fonça droit devant, comme un taureau lâché dans un champ de coquelicots en pleine floraison. Sous l'impact, les gardiens valdinguèrent de tous les côtés avec des bruits mous de bavette que l'on persille et des craquements douloureux de nez cassés.

Pendant cinq bonnes minutes, la grande bataille fit rage. Le Marseillais et Bernie effectuèrent le plus beau mitraillage d'emplâtres dans un chaos digne de la fin du monde.

Ce fut bon.

Bernie pilonna, étrangla, raffûta, fracassa, arracha quelques oreilles, gifla à la volée, écartela, édenta, cassa, démonta, éclata des bouteilles sur des crânes rasés. De son côté, le Marseillais distribua sans compter des cinq francs en platine et des beignes magistrales. Son front redoutable fissura des occiputs, encastra des tarins, fit sauter des dentiers et alluma des feux rouges sur des pommettes républicaines. Josiane, l'hallucinante Josiane, fut aussi de la partie. Élevée dans le fier quartier du Panier, elle avait appris à avoiner avant même de savoir parler. Elle fit valser les valseuses à grands coups de genoux, enfonça des glottes du tranchant de la main, creva quelques yeux, asphyxia un petit brigadier entre ses seins transpirants. D'un coup de hanches magistral, elle incrusta un CRS imprudent dans la contre-cloison en bois. Pour finir, elle attrapa par les petites têtes deux imposants guignols costumés et leur fit faire la toupie avec de grands éclats de rire...

Alors que le cauchemar tournait au pire, Eric Simoni ordonna à cinq miliciens d'entrer dans la danse pour abréger le carnage. Armés de pistolets électriques, ils firent le ménage avec l'efficacité de combattants formés pour tuer. Une décharge sur la nuque de Josiane suffit à lui faire perdre connaissance et à lâcher ses deux pantins, interdits de toute copulation foutative sur au moins quatre générations. Le Marseillais et Bernie subirent un sort identique même si, dans leur cas, les condés durent renforcer les effets de la décharge par deux seringues tranquillisantes.

Dans l'odeur du pastis, de la sueur et du sang, Josiane, le Marseillais et Bernie furent menottés, ligotés et transportés dans le fourgon cellulaire, direction l'Evêché. Pendant que les ambulances débarrassaient les corps des CRS démantibulés, Joseph Estroublanc, un mouchoir ensanglanté sur son nez endommagé, récupéra les clés et décida de réquisitionner l'établissement pour son propre compte.

Dix minutes plus tard, à l'aide d'un sale papier timbré rédigé à la préfecture, Joseph Estroublanc devenait le nouveau propriétaire légal du bar de l'Aviation.

Tout ça commençait à tourner méchamment vinaigre...

SIXIEME MAURESQUE

En mars, Casablanca possède à peu près autant de points communs avec une ville balnéaire qu'un cul de diable avec un bénitier. Contrairement à Marrakech, il n'y a ni touristes, ni petits vendeurs à la sauvette pour vous fourguer de faux poignards mauresques fabriqués à Taiwan. Casablanca, Casa pour les intimes, c'est trois villes imbriquées les unes dans les autres dans un joyeux bordel.

D'un côté, il y a la zone littorale. Mercedes de luxe, tapins mondains sur talons aiguilles, restaurants *Sea-food* plus clinquants qu'un claque brésilien et villas somptuaires, blanc vif, comme taillées dans le silex.

Quelques blocs plus loin, le centre de Casa fourmille d'hommes d'affaires pressés, de petites dactylos au corsage généreux et d'une masse compacte de passants vêtus de gris, les traits tirés d'être tout disloqués entre les préceptes de l'Islam et la grande gueule prometteuse de l'Oncle Sam.

Contigu au centre, le quartier de l'or. Tout un fatras de ruelles aux comptoirs surchargés de breloques estampillées quatorze carats. Ni cri, ni rire. Mais des milliards de vendeurs de tout et de rien : cigarettes à l'unité, briquets dépareillés, mouchoirs en papier, chich khebab au cumin, quatre oranges dans un panier, deux casseroles rétamées, un lot de savonnettes débarquées de Marseille, une poule encore vivante et une série de culottes en satin.

Indiana Jones se planque à coup sûr dans l'un de ces rades où l'on tête du thé vert. À moins que ce ne soit Cendrars, clope au bec et détrempé de cognac, tout occupé à recueillir ses contes nègres en compagnie d'une armée de guerriers Massaïs déracinés.

Et par-dessus tout ça, l'ombre du pouvoir. L'œil de 84. Celui qui encadre la République à grands coups de balances. Celui qui freine des quatre fers pour empêcher que les intégristes ne finissent par passer le tchador aux bouches blanches des statues.

Au Hilton, non loin de là, Vieux Switch achevait sa bouteille de gin achetée au duty free de Marseille. La dernière. Bientôt l'heure de regagner son loft du Vallon des Auffes. Il était six heures de l'après-midi et un vent glacial, descendu des montagnes d'Oukaimeden, balayait les rues. Vieux Switch regarda par la fenêtre. Tout en bas, le centre-ville se prenait pour un petit New York avec ses avenues à angles droits et ses bâtiments d'aluminium anodisé. Seule différence avec la pomme pourrie : outre la taille des immeubles, aucune rue n'était achevée. Les trottoirs, recouverts de bitume moelleux, s'interrompaient subitement pour laisser place à des graviers, des flaques d'eau croupie, des mottes de terre. Des tuyaux de canalisation jaillissaient de nulle part pour finir dans le vide, la gueule béante, de gros hoquets mouillés plein les rigoles.

Le soleil tira un dernier feu d'artifice et la nuit tomba comme une chape. Vieux Switch passa une veste de lin et prit l'ascenseur jusqu'au dernier étage. Au bar panoramique, l'horizon s'étendait loin, le gin coulait à flots et les serveuses étaient aussi peu farouches que les vendeurs d'or dans les ruelles de Casa.

— Vous êtes ici pour affaires ?

La voix de l'inconnue trahissait un léger accent britannique. Pas *cockney*, non. Elle avait plutôt dû traîner ses jambes interminables du côté de Coven Garden, dans la Great Albion.

— Oui, répondit doucement Vieux Switch. Je suis venu acheter de l'or.

— Vous êtes courtier ?

— Si on veut...

Au Maroc, les journalistes sont à peu près aussi bien vus qu'un nid de morpions dans les replis odoriférants d'un vagin de duchesse. D'un geste, il fit resservir l'inconnue. Elle rosit de façon délicieuse. Une heure et quatre gins plus tard, ils quittaient le bar panoramique, direction la suite de Vieux Switch où un repas traditionnel les attendait. Dans le long couloir, il la regarda marcher devant lui. Jane était interprète. Elle accompagnait un groupe d'hommes d'affaires anglais venus investir dans la zone littorale de Casablanca. Un peu saoule, les fesses rebondies plus que de raison sous une jupe de soie rouge, la taille fine et les chevilles cambrées dans des escarpins de cuir, elle était à croquer. Ses longs cheveux roux laissaient échapper une odeur discrète de rose et de benjoin. Elle avait dans les trente ans.

Avant même que Vieux Switch introduise sa carte dans le lecteur magnétique de la porte, elle se colla contre lui et commença à lui mordiller la nuque, à griffer son dos très doucement, à insinuer l'une de ses cuisses entre les siennes. En quinze jours, il avait dû se contenter de quelques massages volés dans le salon de beauté de l'hôtel. Là, officiait une mégère poilue qui confondait caresses aptes à déclencher un priapisme bienvenu avec frictions énergisantes pour catcheur casamançais. Autant dire que le jeu électrisant de Jane le fit décoller comme une fusée. Avant même d'avoir atteint le lit, Vieux Switch se retrouva plus nu que la décence le permet. Jane, pudeur anglaise oblige, ne conserva sur elle que ses escarpins de cuir, un string carmin tout à fait symbolique et deux bas de soie noire.

Alors qu'il allait se laisser chevaucher par cette guerrière rousse, celle-ci l'écarta soudain de lui avec fermeté :

— Attends... J'ai une meilleure idée.

— Pardon ?

— Laisse-toi faire, tu vas voir...

Vieux Switch, qui savait que la jouissance n'est rien en comparaison de la délicieuse torture de l'attente, s'allongea sur le lit, prêt à être happé, caressé, sucé, avalé, grignoté, léché, dégusté, englouti entre des lèvres chaudes. Jane se leva et marcha avec la grâce perverse d'un mannequin jusqu'à la table roulante, apportée quelques instants plus tôt par le service d'étage :

— En Angleterre, nous avons inventé une nouvelle façon de faire l'amour...

— Ah oui ? s'étonna Vieux Switch, dont les connaissances dans ce domaine relevaient plus de *l'Encyclopædia Universalis* que du message subliminal.

Sans répondre, Jane saisit le plaid recouvrant l'un des fauteuils et l'installa sur le sol. Puis, tournée vers Vieux Switch, elle murmura :

— Regarde comment je fais. Chez nous, on appelle cela le *Sblop*. Tout simplement, le *Sblop*. Quand tu seras prêt, viens me rejoindre, *honey*...

Elle souleva alors la cloche argentée d'un plat posé sur la table roulante. À l'intérieur, fumait doucement la chorba, un ragoût liquide de mouton, mijoté dans du jus d'épinards. Avec la louche, elle en préleva une bonne partie qu'elle fit couler sur sa poitrine avec un frisson d'excitation. La chorba dégoulina lentement sur la pointe des seins, le sternum, le ventre duveté de blond. Puis elle poursuivit sa route sur le pubis, s'insinua dans les replis du sexe et fila lentement, comme un câble de navire, vers l'intérieur des cuisses, les genoux, les mollets. Tout autour, des morceaux de mouton tombaient sur le sol avec des floc ! étonnants pendant que Jane recommençait l'opération.

En quelques secondes, elle fut plus verte qu'un Hulk en pleine crise d'apoplexie atrabilaire. Son corps fumait, ses mains pétrissaient les bouts de viande avec une rage amoureuse, tapissaient sa peau d'huile parfumée, maculaient ses cheveux de sauce.

Vieux Switch ne savait pas encore s'il devait vomir ou bander.

Il le découvrit lorsque, prise d'une frénésie soudaine, Jane attaqua ensuite le couscous royal et joua longuement avec d'énormes saucisses trempées de harissa. Tout tabou au rancart, mû par une curiosité purement entomologiste, bien décidé à ne pas crever avant d'avoir goûté à l'amour sous toutes ses formes, même les plus étranges, il se laissa guider sur ce chemin de traverse de l'érotisme.

Ensemble, ils remirent le couvert à plusieurs reprises, passant, toute honte bue, du couscous au tajine de poulet et du fromage coulant à la glace au chocolat. Les bouteilles de vin et de champagne remplirent leurs offices de manière tout à fait correcte, libérant des nectars et en recueillant d'autres, moins alcoolisés mais bien plus chauds.

Une heure après le début de ces libations estampillées fin de race, le téléphone se mit à sonner. Les mains poisseuses, Vieux Switch saisit le combiné. Un appel de l'étranger, en PCV.

Encore un coup du Marseillais.

— Allo ? Vieux Switch ?

— Oui. Qui est à l'appareil ?

— Kiki-la-feuille.

— Qu'est-ce que tu veux ?

— Le Marseillais et Bernie... Y'a un problème. Je crois tu devrais venir vite.

Vieux Switch jeta un coup d'œil à Jane. Elle choisissait déjà sur la carte le menu idéal pour reprendre ses étreintes alimentaires.

— C'est grave ?

— Je crois, répondit Kiki-la-feuille. La police et la mairie sont venues au bar de l'Aviation et...

— Pas au téléphone. Je suis là demain matin, au vol de neuf heures. Viens me prendre...

Vieux Switch raccrocha, pensif. Ça n'était pas dans les habitudes du Marseillais de demander de l'aide. Encore moins dans celles de Bernie.

Contrairement à celle qui flottait dans la chambre, l'odeur de cette affaire ne sentait pas vraiment très bon. Elle puait même les emmerdes à plein nez.

Parole.

Sur l'autoroute du littoral qui relie l'aéroport à Marseille, la 4L de Kiki-la-feuille ahanait de tous ses pistons abondamment rongés par les embruns de la Corniche. En pleine montée, lâchée dans un paysage lunaire de garrigue râpée de soleil, écorchée de mistral, la petite voiture transportait avec peine son chauffeur et Vieux Switch, dans un vacarme à vous déchirer les tympans. Repeinte en bleu et blanc, arborant avec fierté un pare-soleil des Ultras de l'OM, le fanion olympien tremblotant sous le rétroviseur, la 4L termina la montée presque en marche-arrière. Kiki-la-feuille aurait été debout sur les freins, la voiture ne serait pas allée moins vite.

En quelques mots, Kiki lui apprit les dernières nouvelles : le Vieux Port à vendre, la bagarre avec les pandores, et pour finir, l'incarcération du Marseillais, de Bernie et de Josiane. Sans oublier le bar de l'Aviation, réquisitionné par le préfet de police, Joseph Estroublanc.

— Qu'est-ce que tu en penses ? interrogea Vieux Switch.

— Moi ? Depuis que ces enfoirés de fachos ont fait alliance avec la droite molle de Marseille, je dis que tout part en couilles et que...

— Je t'ai demandé ce que tu en penses. Pas de me faire un cours de politologue pour café du commerce.

Vieux Switch l'avait coupé en deux avec la froideur d'un scalpel d'autopsie tranchant dans de la viande morte. Contrarié d'avoir dû quitter Jane aussi précipitamment, encore plus énervé par toute cette histoire abracadabrante, il contractait ses maxillaires comme un loup pris au piège. Il y avait urgence. Ça n'était pas vraiment le moment de vouloir jouer au plus fin avec lui. Kiki comprit le message. Les mains crispées sur le volant comme un panty sur une croupe japonaise faiblissante, il reprit :

— Tu le sais, Switch, à Marseille il se dit tout et son contraire. Ce qu'y a de sûr, au jour d'aujourd'hui, c'est que le Vieux Port est à vendre. Ils l'ont encore dit dans *La Provence* de ce matin.

— À part ça ?

— Rien. C'est le flou. On murmure aussi que le Milieu serait dans le coup.

— Les Italiens ou les Corses ?

— Ni l'un ni l'autre. Il semblerait que ça vient des pays de l'Est, cette fois. La Russie ou un pays dans ce genre.

— Et alors ?

Pendant que Vieux Switch allumait une blonde, Kiki-la-feuille en profita pour passer la seconde. La descente sur les docks de Marseille ouvrait enfin sa gueule bleue.

— Y'a rien de sûr. Mais je me suis laissé dire que les caïds de l'Est auraient fait un rapprochement avec le Front national. Enfin, avec ce qu'ils appellent maintenant le Nouveau Mouvement du nouveau front national. Un échange de bons procédés, en quelque sorte.

— Lequel ?

— On est à trois mois des municipales. Il faut des sous pour faire une campagne. Mais si c'est ça, je vois vraiment pas ce que les Cosaques viennent foutre à Marseille.

Vieux Switch ne comprenait pas non plus ce qu'un mafieux de la taïga ou de la place Rouge pouvait bien vouloir au Vieux Port. Mettre la main sur les putes, la coco, les bandits manchots et les placements immobiliers, oui. Mais le Vieux Port... Pourquoi pas la Canebière, le Vélodrome ou Notre-Dame de la Garde, tant qu'on y était ?

Les passerelles d'autoroute avalèrent la 4L agonisante et le quai de Rive Neuve finit par apparaître. Devant le théâtre de la Criée, Kiki-la-feuille planta soudain un coup de patins phénoménal et hurla son cri de surprise préféré :

— Oh, l'enc' !

Silencieux pendant quelques secondes, Vieux Switch sortit de la 4L, traversa la rue et alla se planter sur la jetée, mains sur les hanches. Le soleil froid de Marseille éclairait un tableau surréaliste. Sur au moins cent mètres, le nez collé au bas de la Canebière, un bâtiment gigantesque était en train de larguer les amarres.

Son nom : *Le Baklava*. Son pavillon : russe.

Plusieurs dizaines d'hommes, uniforme noir et PM sur l'abdomen, observaient un garde-à-vous d'une rigidité impeccable. Sur les ponts du bâtiment, ils souriaient acide, regroupés en grappes sombres autour de mitrailleuses lourdes et autres canons encapuchonnés.

Sur le Vieux Port, quelques centaines de Marseillais observaient la manœuvre des hommes d'équipage en silence. Les plus anciens, la rage rentrée, se souvenaient. Ils n'auraient pas imaginé avoir à revivre ça. Même si la croix gammée avait disparu et que le yacht blanc n'avait pas grand-chose à voir avec une frégate de guerre, il flottait quand même une forte odeur de déjà vu.

Kiki-la-feuille rejoignit Vieux Switch au pas de course. Un peu essoufflé, il lâcha :

— Et après, ils vont dire que c'est les Marseillais qui exagèrent avec leur sardine qui bouche le Vieux Port...

Vieux Switch n'avait pas l'âme à sourire. D'un mouvement du menton, il indiqua un nouveau mouvement de foule sur le quai du Port. Il secoua la tête et murmura :

— Ils ont pas perdu de temps...

Éric Simoni, Joseph Estroublanc et Laurent Lechart escortaient le maire de la ville ainsi que quelques notables. Sans honte, ils couraient à petits pas vers *Le Baklava*, des médailles d'honneur de Marseille plein les mains et des sourires en contre-plaqué solidement accrochés au visage.

Kiki-la-feuille cracha entre ses dents :

— Tè... Belote, rebelote et dix de der qui suivent...

HUITIEME MAURESQUE

Sans même repasser par le Vallon des Auffes, Vieux Switch, escorté par Kiki-la-feuille, se mit en marche en direction de l'Evêché. Dans son dos, la fanfare municipale entamait sans entrain les premières mesures de *La Marseillaise*. En passant devant le bar de l'Aviation, il eut un petit sourire triste. Le rideau tiré crevait la façade blanche d'une large tache brune.

À quelques pas, sur la place aux Huiles, l'établissement gastronomico-littéraire des Arcenaulx accueillait ses premiers camions de livraison. Dans ce restaurant-librairie, un ancien bâtiment de galériens, on avait le choix entre manger ou trouver dans les rayons les derniers nés du top cinquante littéraire, voire de vieux volumes recouverts de cuir et au dos doré. Devant l'entrée des fournisseurs, pêle-mêle sur le trottoir, les cagettes de poissons frais côtoyaient des cartons de livres. Les sardines bleutées, les *fiellas*[1], les *favouilles*[2] en grappes grouillantes et le thon rouge crachaient dans l'air glacial leur odeur forte de mer et d'écume. Près d'eux, le parfum délicat de l'encre trouait les emballages et racontait ses histoires.

Après la place aux Huiles, ils enfilèrent le cours d'Estiennes d'Orves puis la rue Davso. Les premières bourgeoises de la matinée, vêtues de soie et d'astrakan,

1. Poissons de roche, indispensables pour la bouillabaisse.
2. Petits crabes.

déambulaient comme au siècle dernier, avec mollesse, dans les hurlements des klaxons et les crissements brûlants des pneus. Presque au pas de course, les deux hommes tranchèrent la rue Saint-Ferréol de part en part, sans même jeter un coup d'œil à quelques gamines qui séchaient les cours, cigarettes à la bouche et pudeur au rancart.

Devant la porte de l'Evêché, Kiki-la-feuille retint Vieux Switch par le bras :

— Dis, ça te fait rien d'y aller seul ? Parce que les condés et moi...

— Rendez-vous au Vallon des Auffes. Nous, on prendra un taxi pour rentrer.

Kiki ouvrit des yeux ronds comme des agates :

— Comment ça : on ? Tu comptes quand même pas repartir avec eux, après tout ce qu'ils ont fait ?

Vieux Switch écrasa sa cigarette du talon :

— Qui sait ?...

Puis il lui tourna le dos et pénétra dans le grand bâtiment.

Au bout d'une heure passée à attendre dans le hall d'entrée, Vieux Switch commença à se lasser sérieusement. À dire vrai, ce corridor sentait la misère sous toutes ses formes, avec de vieux relents de tabac froid et d'urine. Il vit défiler un flux incessant de plantons désœuvrés, de soi-disant as de la crim' calibrés de toutes parts, de petites frappes menottées hurlant leur innocence, de pétroleuses encore ensommeillées par toute une nuit de jeux à tendance sado-maso. Certains entraient tête basse, d'autres sortaient avec des cris de colère ou de soulagement, le tout dans une agitation sans nom.

Quand le gardien du temple abandonna enfin son poste pour aller faire un loto sportif avec son collègue costumé, Vieux Switch se leva, franchit la porte et s'engagea dans le premier escalier. Avec sa tête de voyou, sa barbe de trois jours et sa veste en cuir lourd, il passait partout.

Depuis que le Front s'était allié à la droite traditionnelle, l'Evêché était devenu le point névralgique de la municipalité. Dans un souci d'efficacité, la police nationale et la gendarmerie, sous la coupe du premier adjoint, avaient fusionné. Éric Simoni et Franck Estroublanc dans le même bateau, ça permettait de garder un œil sur tout. Sur tout le monde.

Encore un couloir, deux flics extasiés devant un magazine pour gauchers, une femme de ménage éteinte dans sa blouse bleue, une rangée de placards cabossés, un dernier escalier montant à l'étage, un pauvre type à tête de balance perdu dans le dédale et, enfin, la perspective d'un corridor propre, luisant de toutes ses tommettes. À droite et à gauche, des portes sobrement vernies. Et, tout au fond, une petite plaque de cuivre vissée au mur : *Eric Simoni – 1er adjoint au maire.*

Vieux Switch frappa trois coups secs. Aucune réponse. Fatigué d'attendre, il poussa la porte. Le bureau était gigantesque, baigné d'une lumière naturelle plongeant par une baie vitrée à petits carreaux. Plafonds hauts, appliques murales en stuc, bibliothèques gavées de ces jolis livres qu'on ne lit jamais, figure du président de la République sur fond de nature morte et fauteuils de cuir confortables : rien ne manquait à cette carte postale institutionnelle. Le bureau occupait les deux tiers de l'espace et regorgeait de dossiers plus ou moins bien empilés. Seul signe de vie réelle : un trophée de karaté au nom d'Eric Simoni, surgi de l'enfance et disposé près du sous-main, un peu comme un porte-bonheur anachronique.

— Vous désirez ?

Une jeune femme, accorte et court vêtue pour la saison, venait d'entrer par une porte dérobée. La vingtaine tout juste effleurée, les cheveux coupés très court, un petit nez retroussé sur une bouche de gamine, pas maquillée pour un sou et des yeux extraordinaires lui dévorant le visage, elle le regardait avec une fixité qui le fit sourire. Le premier adjoint de la ville frisait le détournement de mineurs.

Elle répéta sa question avec un ton trop dur pour ses traits de presque enfant :

— Je vous ai demandé ce que vous désiriez...

— Voir Simoni.

— Monsieur Simoni est actuellement occupé. Vous avez un rendez-vous ?

La petite prenait son rôle très au sérieux. Nez pincé et dossier plaqué sur sa poitrine, elle continua sur sa lancée, façon chaton angora qui se la joue tigre du Bengale affamé par quinze jours de jeûne :

— Vous avez rendez-vous, oui ou non ?

— Pas du tout, lâcha Vieux Switch.

— Que faites-vous ici, alors ?

— Et vous ?

La gamine écarquilla les deux piscines qui lui servaient d'yeux. Elle balbutia :

— Comment ça : moi ? Je vous signale que vous êtes entré de façon frauduleuse dans le bureau du premier adjoint de la ville de Marseille et que, vu les circonstances, je vais vous demander de bien vouloir sortir sans quoi je me verrai dans l'obligation de faire appel au service de sécurité !

Elle avait lâché tout ça d'un trait, sans reprendre son souffle. Fameux exploit pour une gamine au torse si étroit. Vieux Switch lui dédicaça son sourire ravageur en diable.

— Monsieur, reprit-elle d'une voix beaucoup moins assurée, il faudrait partir...

— Sinon ?

Elle baissa les yeux avec un rien de timidité délicieuse :

— Vous savez... Le service de sécurité.

Vieux Switch lui tourna le dos et alla s'appuyer à la grande baie vitrée. Sans la regarder, il lui lança gentiment :

— Avant d'appeler, venez ici. J'ai quelque chose à vous montrer...

— Pardon ?

— Venez, je vous dis...

La petite déposa son dossier près du sous-main et s'avança. Elle obéissait avec la candeur d'un bébé jouant à sucer une prise électrique.

— Que voulez-vous ?

Toujours sans la regarder, Vieux Switch la prit doucement par l'épaule et l'approcha de lui. Elle esquissa une résistance, mais finit rapidement par céder sous la pression de la main. Elle exhalait un parfum délicieux de lait d'amande douce.

— N'ayez pas peur, murmura Vieux Switch.

Elle se crispa à nouveau et répliqua :

— Je n'ai pas peur de vous !

— Vous tremblez.

— J'ai froid !

— C'est ça...

Dehors, les toits commençaient à réchauffer leurs vieilles tuiles d'ocre et de mousse. Suspendue entre le ciel et la ville, la statue dorée de Notre-Dame de la Garde bénissait la mer et surveillait le large.

Alors qu'il allait commencer à lui parler de Marseille et de ses secrets les plus doux, une voix criarde d'eunuque retentit dans leurs dos :

— Monsieur ! Sortez de ce bureau ou j'appelle le service de sécurité !

Une véritable obsession, dans cet immeuble. Vieux Switch se retourna lentement, les poings serrés. Il reconnut le faciès enfariné de Laurent Lechart, hérissé de colère et piqueté d'irritation. Devant l'immobilité de l'intrus, le poisson pilote fit un pas en avant pour appuyer sur une petite sonnette située sous le plateau du bureau. Un de trop. Vieux Switch le cueillit d'un grand coup de pied fouetté au visage. Lechart fit un quart de tour sur lui-même et s'affala sur le dos, les yeux en papillotes.

Plus d'une heure à attendre dans un hall crasseux pour être viré comme un malpropre sur un ordre de cette marionnette ? Vieux Switch n'était pas du genre à supporter ça. Il voulait voir Eric Simoni et il le verrait. Il finirait bien par se montrer tôt ou tard.

D'ailleurs, le premier adjoint poussa la porte à cet instant et vint se planter devant son visiteur, pas plus impressionné que ça.

— Qu'est-ce que vous avez fait de Bernie et du Marseillais ?

— Vous voulez sans doute parler des épaves du bar de l'Aviation ?

— Où sont-ils ?

Éric Simoni grimaça un petit sourire. Les mains dans les poches, il enjamba le corps de son poisson pilote, plus vraiment de la première fraîcheur, et vint s'asseoir à son bureau. D'un ordre sec, il congédia la jeune fille :

- Blandine, dehors ! Et surtout, que personne ne vienne nous déranger.

— Bien, monsieur Simoni.

Après un dernier regard à Vieux Switch, elle saisit le dossier sur le bureau et, très vite, disparut par la porte dérobée.

Le premier adjoint au maire dominait la situation. Il était chez lui, dans son fief de l'Evêché, avec toute une armée de singes bleus trois étages en dessous. Un cri ou un coup de sonnette et Vieux Switch finissait aussi sec dans une cellule du sous-sol. Chef d'accusation : voie de fait sur un attaché parlementaire dans l'exercice de ses fonctions. Avec le nouveau système judiciaire marqué au fer rouge par le Front national, c'était dix ans au bas mot à discuter avec les cafards dans une boîte à chaussures des Baumettes, régime QHS [1].

1. Quartier de haute sécurité.

— Vous vous appelez bien Switch ? John Léopold Switch ?

Seul le silence lui fit écho.

— Si mes renseignements sont bons, vous êtes journaliste indépendant, célibataire, et vous habitez le Vallon des Auffes.

— Bien renseigné...

Éric Simoni s'étira en arrière. Avec un rien de fierté, il ajouta :

— Nous savons tout, monsieur Switch. Tout sur tout le monde. Et plus particulièrement sur les journalistes, indépendants ou non. Nos alliés politiques de circonstances possèdent au moins une qualité indéniable : celle de maîtriser l'information et de la faire ressortir, le cas échéant.

— Qu'est-ce que vous reprochez à mes amis ?

— Peu de chose, en fait. Appel à l'insurrection sur le Vieux Port, blessures diverses à une bonne douzaine de CRS, sans compter deux matons que le dénommé Bernie aurait assommés en refusant d'intégrer sa cellule.

— C'est tout ?

Le premier adjoint sourit, posa ses mains bien à plat sur le bureau et fixa Vieux Switch avec intensité. Il laissa passer quelques secondes, puis :

— Nous avons besoin de votre collaboration, monsieur Switch...

— Pardon ? Le seul mot de collaboration lui faisait mal à entendre...

— Je suppose que vous êtes au courant de l'entrée du *Baklava* dans le Vieux Port. Jusqu'à présent, personne n'a fait de scandale sur ce qui n'est, en fait, qu'un épisode anecdotique pour la cité phocéenne. Marseille est une terre d'accueil. La porte de l'Orient.

— Pourquoi voulez-vous vendre le Vieux Port ?

— Ça ne vous regarde pas.

— Et vos amis du Front national ne disent rien ? Vendre la perle de Marseille à un étranger, ça ne les dérange pas ?

Éric Simoni détourna le regard :

— Ce ne sont pas nos amis mais des alliés politiques de circonstance. Et je vous rappelle qu'il s'agit du nouveau parti du Front national. Le Nouveau Mouvement du nouveau front national, pour être totalement exact. Et il défend les valeurs démocratiques et libérales qui ont fait la grandeur de la France. N'oubliez pas cela, monsieur Switch.

— C'est ça. Rose dehors et noir dedans...

Le politique ignora la remarque et poursuivit, avec un petit sourire un rien crispé :

— De toute façon, je suis sûr que vous avez compris que le Vieux Port n'est pas à vendre. Il a tout juste été loué, pour des raisons diplomatiques. Quant à monsieur Pétrinov, le propriétaire du *Baklava*, je vous promets que son bâtiment quittera notre belle ville d'ici quelques semaines. Ou quelques mois, tout au plus...

— Ou quelques années... Vous me prenez pour un con ou quoi ?

Le premier adjoint se mit debout, inspira profondément et frappa soudain du plat de la main sur le bureau :

— Ecoute-moi, toi ! Je pourrais te briser en deux ou te faire descendre par un de mes hommes. Et personne ne dirait rien ! Alors, tu vas fermer ta grande gueule de journaleux et faire exactement ce que je te dis. Un, tu quittes mon bureau avec tes amis. Deux, tu te tiens tranquille dans ton coin sans écrire un seul mot sur cette affaire. Et trois, tu empêches le Marseillais de faire du grabuge autour de toute cette histoire. Les élections municipales sont dans trois mois et je ne veux surtout pas de vagues avec un président de CIQ[1] alcoolique au dernier degré !

1. Comité d'intérêt de quartier.

— Sinon ?

Simoni écarta un pan de sa veste de costume et découvrit un Magnum nickelé jusqu'à la crosse :

— Sinon, c'est moi qui te bute...

Vieux Switch sourit à son tour. Il avait appris que, lorsque les choses ou les gens sont en mouvement autour de soi, il ne faut jamais bouger. Et Simoni, à cet instant, bouillait plus fort qu'un volcan tahitien branché en direct sur un puits de pétrole australien.

Éric Simoni appuya sur l'interphone :

— Blandine, fais-moi monter les zigotos du bar de l'Aviation...

Il relâcha le bouton de nacre, lissa ses cheveux du plat de la main et ajouta enfin :

— Une dernière chose : ne vous approchez jamais plus de Blandine. J'ai beau être un homme politique, je suis avant tout Marseillais. Si vous lui parlez une seule fois de plus, ça me fera une seconde bonne raison pour vous descendre.

Il avait retrouvé l'usage du vouvoiement. Preuve qu'il se calmait. À cet instant, Laurent Lechart revint à la surface. Il avait le nez en chou-fleur et le visage en serpillière. Ce garçon manquait visiblement d'entraînement. Quand il reconnut Vieux Switch, il eut un brusque mouvement de stupeur et balbutia :

— Monsieur Simoni... Cet homme... Il m'a frappé !

— Je sais. Aucune importance.

Alors que le poisson pilote allait se remettre à brailler, un hurlement d'une puissance incroyable retentit soudain :

— Oh, Switch ! Mon collègue ! T'as fait bon voyage ?

Le visage tuméfié par un traitement de faveur dans les sous-sols de l'Evêché, les vêtements arrachés et tout ventre dehors, il courut se jeter dans les bras de son ami. Dans son coin, Josiane se fendit d'un sourire. À la voir se remettre les jupons en place et aplatir ses cheveux foudroyés, le *Vieux* Switch n'était pas pour lui déplaire...

Lorsque les deux hommes se séparèrent, le Marseillais se retourna vers Eric Simoni. Sans le lâcher du regard, il gronda :

— Switch, qu'est-ce tu fais dans le bureau de cette ordure ? T'as pas payé la caution, dis ? Parce que payer pour être libéré alors qu'on n'a fait que se défendre dans son propre bar, ça me nifflerait velu !

Vieux Switch se dit alors, en son for intérieur, que ça n'allait pas être vraiment facile de le faire tenir tranquille.

Le Marseillais se tourna ensuite vers Lechart :

— Ah... Alors, t'es venu ?

— Mais monsieur, je suis ici chez moi !

— Pauvre enviandé que t'es...

Le fond de teint en débandade et les cheveux en plumeau de ménagère psychotique, le poisson pilote commit l'erreur de répondre à l'insulte :

— Monsieur, je ne vous permets pas de me parler de la sorte ! Vous êtes vulgaire, grossier et mal élevé !

Le tout, ponctué par un petit hochement du menton méprisant.

Le Marseillais fit la grosse grimace :

— Moi, je suis vulgaire ? Alors moi, je suis vulgaire ! Figure d'ampoule grillée que t'es ! Va te faire traiter par un autre ! Tu vois pas que tu mérites même pas que je jette des mots sur toi ?

Comme l'autre pantin allait répliquer, il enfla sa voix :

— Et puis, arrête de me parler pointu que tu vas finir par me crever un œil ! Espèce de...

Un bruit sourd l'interrompit. Bernie venait de claquer Lechart de façon magistrale. Il ne fallait pas traiter son meilleur ami de mal élevé. Ce n'était pas correct.

C'est vrai, quoi...

DIZIEME MAURESQUE

On accède au Vallon des Auffes, situé sur la corniche, par une série d'escaliers placés derrière l'abribus du même nom. Pour le découvrir, il faut, soit être Marseillais de souche, soit s'être perdu dans la ville.

Le Vallon, c'est le port de Marseille en miniature. Les ruelles sont étroites, tortueuses, et portent des noms que l'on ne trouve qu'ici : impasse de la Girelle, rue du Sard, impasse des Bibis, impasse des Pageots. Vieux Switch, suivi du Marseillais, de Kiki-la-feuille et de Josiane, s'arrêta au bord de l'anse marine. De son pas lourd, Bernie rejoignit le groupe. Il fermait toujours la marche. Une vieille habitude du Viêtnam.

Là, entre les filets mis à sécher, les grues de levage, les pointus et les petits chalutiers, Vieux Switch était chez lui. À part les notables pétés de blés venus se faire estourbir la carte bleue Chez Fonfon ou à L'Epuisette, il connaissait tout le monde, au moins de vue. Dès que les belles journées refleurissaient, les habitants du Vallon sortaient les pliants et les tables pour taper le carton. Ou juste pour emmerder le peu de voitures en circulation qui s'échouaient sur le cul-de-sac marin. Les soirs où l'Olympique de Marseille jouait, certains installaient même la télévision sur le rebord des fenêtres. Écharpes, pastis et khémia obligatoires. Et interdit de manger avant le coup de sifflet final. Pendant quatre-vingt-dix minutes, les hurlements résonnaient sous le grand viaduc de la corniche Kennedy. Si, par malheur, le match allait aux prolongations, voire aux tirs au but, certains piquaient du nez dans les vapeurs anisées avant d'avoir pu avaler une seule bouchée.

C'est ça, le Vallon des Auffes. Un ensemble de petits cabanons, en plein cœur de Marseille, qui regardent la mer en se fendant la pêche.

Sous le timide soleil de mars, la troupe grimpa une bonne vingtaine de marches de bois. Une porte à franchir, une nouvelle volée d'escaliers, et le salon du loft ouvrit ses bras. Meublé sobrement, tout en teck couleur de miel, il dégageait une impression de sérénité étonnante. Sur le mur du fond, une immense reproduction du *Quand te maries-tu ?* de Gauguin. Entre deux fenêtres, une niche creusée dans le mur contenait près de mille disques lasers. En grande majorité, de la musique brésilienne rapportée par Vieux Switch de ses voyages incessants à Rio de Janeiro. Pixinguinha, Caetano Veloso, João Gilberto, Rosa Passos, Gilberto Gil, Chico Buarque, Nara Leão, Vinicius, Jobim, Baden Powell.

Rien ne manquait.

Le Marseillais s'affala sur le canapé d'angle couleur crème. Il se releva aussitôt et courut presque en direction du bar, placé dans un meuble tourne-disques des années cinquante. Il n'était plus très loin de midi.

L'instant sacré de l'apéritif.

Trois heures plus tard, le Marseillais, Josiane et Kiki-la-feuille avaient chacun une bonne trentaine de pastis derrière la cravate. Pendant que Vieux Switch sirotait son gin sec, allongé dans son hamac, et que Bernie observait la mer depuis la terrasse, la discussion alcoolisée commença à enfler.

— Et moi, je te dis que le Simoni, c'est une bordille des familles ! Voilà ce que je dis, et rien de plus ! Il a vendu le Vieux Port aux Russes et maintenant, le Vieux Port il nous appartient plus !

— Bien parlé, Marseillais ! brailla Josiane. Et si on les laisse faire, ils vont bientôt nous remplacer les petites olives par les blinis, les sardines par les saumons et le pastis par la vodka ! Et après, on sera bien avancés !

Les yeux injectés de sang, la bouche jaune d'avoir trop fumé, Kiki-la-feuille hasarda une question :

— Moi, je veux bien... Mais qu'est-ce y lui veulent, au Vieux Port ?

Dans le silence, le Marseillais croisa ses bras sur sa poitrine. Majestueux comme un empereur romain, l'œil plus énigmatique qu'une pythie analysant un vol d'hélicoptères dans un ciel crétois, le sourire caché aux coins des lèvres, il lâcha sur un ton grave, sentencieux :

— Moi, je le sais...

Les deux acolytes en reposèrent leur verre. Ils se penchèrent en avant, les oreilles affûtées comme des coupe-coupe de Jivaros en chasse. Le Marseillais but une gorgée, prit le temps d'allumer une brune et murmura, comme s'il s'agissait d'un secret d'État :

— Les Cosaques ont acheté le Vieux Port pour en faire une réserve à esturgeons...

— Une quoi ? s'étonna Josiane.

— Une réserve à esturgeons, les poissons qu'on se sert pour fabriquer le caviar.

Kiki-la-feuille haussa les épaules :

— C'est ça... Et pourquoi pas un Disneyland, tant que t'y es ?

Devant l'objection, le Marseillais fut catégorique :

— J'y ai pensé. Mais ça, c'est parfaitement impossible.

— Pourquoi ?

— Parce que Walt Disney, il était pas Cosaque. Voilà pourquoi !

Josiane secoua la tête et tenta de se lever pour donner plus de poids à sa déclaration à venir. Mais l'attraction terrestre ajoutée aux effets secondaires de la *rincelette*[1] fut la plus forte. Elle retomba lourdement sur ses fesses confortables et balbutia néanmoins :

— Vous racontez n'importe quoi et vous êtes pétés comme des coings sénégalais ! Le Vieux Port, ils l'ont acheté pour en faire un Marineland, comme à Antibes !

À son tour, le Marseillais manqua s'étouffer de rire :

— Un Marineland ! Mais, malheureuse ! Le Vieux Port, il est tellement pollué qu'il sert plus qu'à faire flotter les bateaux ! Si t'y jettes une baleine dedans, tu la retrouves en cinq minutes transformée en tubes de rouge à lèvres !

— Et les chevaux de mer, ajouta Kiki, tu peux les inscrire au Grand Prix d'Amérique !

— Et si c'est toi qui fais le jockey, conclut le Marseillais, *sian pan calès*[2] !

— Vous êtes couillons... pouffa l'élégante demoiselle de la préfecture.

Dans son hamac, Vieux Switch riait beaucoup moins. À chaque minute, cette affaire lui apparaissait plus sombre qu'un pastis dosé par un Marseillais décalqué à l'absinthe. Dans sa tête, les questions se bousculaient. Pourquoi acheter le Vieux Port ? Pourquoi des Russes du Milieu jetaient leur dévolu sur Marseille ? Pourquoi cette sensation bizarre que Simoni n'était peut-être pas le premier des salauds dans cette histoire ? Quel était le contenu exact du marché passé entre la mairie et les mafieux de l'Est ?

Il avala une dernière gorgée de gin sec et se mit debout. Le seul moyen d'y voir un peu plus clair, c'était d'aller faire un tour du côté du *Baklava*. Peut-être trouverait-il un homme d'équipage prêt à lui en dire un peu plus dans

1. Apéritif.
2. On n'est pas arrivés !

l'atmosphère chaude de l'un des bars du Vieux Port. Ça ou autre chose. Une amorce de piste. Un indice.

Fin beurré, le Marseillais s'écroula soudain dans les bras de Vieux Switch. Des larmes plein le visage, il se mit à sangloter :

- Switch, mon ami... Ils m'ont volé mon bar ! Mon bar à moi...

Derrière lui, les deux genoux à terre, Josiane et Kiki-la-feuille priaient maintenant avec une ferveur bénie à quarante-cinq degrés.

Le Marseillais les désigna du bras :

— Regarde, Switch. Regarde... Ils demandent même à Dieu de me donner la main ! À Dieu, en personne ! Je les aime d'amour !

À son tour, il tomba à genoux dans un brusque élan de ferveur mystique. Les bras au ciel, il hurla :

— Oh, Jésus ! Si tu me rends mon bar, je te jure que dimanche je monte à Notre-Dame de la Garde ! Et je te plante un cierge gros comme un olivier !

— Tu comptes quand même pas y monter à pied ? s'inquiéta Josiane.

Le Marseillais plaqua sa main sur sa poitrine et releva son menton trempé avec fierté :

— Non, ma belle. Ça vaudrait pas. À Notre-Dame, je vais y grimper comme les anciens : à genoux, et avec des pois chiches dans les pantalons...

Puis il s'écroula, ivre mort, sous les yeux pâmés d'admiration de la grosse Josiane.

ONZIEME MAURESQUE

Sur les coups des dix-neuf heures, Vieux Switch abandonna son loft. Le Marseillais et Josiane, tendrement emmêlés, dormaient à même le sol, un peu de bave au bord des lèvres et l'air ravi de ceux qui ont pris du plaisir à vivre. Bernie, plus silencieux que jamais, était assis en équilibre sur la rambarde de la terrasse, en position de lotus. Quand il n'aidait pas le Marseillais au bar, la méditation transcendantale était l'activité qu'il préférait entre toutes.

Kiki-la-feuille, lui, avait quitté la compagnie, une bouteille de pastis sous le bras. D'un pas mal assuré, il avait réintégré ses pénates, une mansarde de la rue Curiol dont l'unique fenêtre donnait directement sur un mur aveugle. Kiki-la-feuille était un solitaire, un de ceux qui avaient fait le tour du monde dans des rafiots miteux et des cargos bouffés de rouille. Il avait ramené de ses voyages au long cours un peu de paludisme, des accès de fièvre jaune, une vingtaine de cicatrices et des océans de souvenirs au bon goût de rhum noir et poivré. Quand la nostalgie le prenait à la gorge, il observait ses tatouages et, à chaque fois, il refaisait le tour du monde.

Vieux Switch remonta sur la corniche Kennedy et tira droit jusqu'au Vieux Port. Devant la plage des Catalans, la mer étincelait sous une lune presque plcinc. L'odcur des vagues lui caressait les narines. S'il l'avait pu, il aurait mordu à pleines dents cette mer noire et dorée, jusqu'à se gaver de bonheur, comme on mord dans un fruit de sucre.

Quand il longea le Fort Saint-Nicolas, il lança un clin d'œil complice à Notre-Dame de la Garde. À Casa, elle lui avait manqué, comme une mère peut manquer à son gamin. Pour les Marseillais, Notre-Dame, c'est un peu comme le Corcovado[1] pour les Cariocas[2].

C'est difficile de vivre sans.

À l'amorce du quai de Rive Neuve, la silhouette blanche du *Baklava* se découpa dans la lueur jaune des lampadaires. Malgré l'heure, il n'y avait aucun signe d'activité sur le yacht. Un bon présage. Les hommes d'équipage devaient croiser dans les bars du port. Essayer de monter à bord aurait été inutile et Vieux Switch s'assit au Manhattan, un bar plus ou moins bien famé, selon les heures.

La musique n'était pas complètement mauvaise, les rations de gin étaient copieuses et, assis à son tabouret, il passa la première heure à observer une figure de proue monumentale. Accrochée au mur du fond, taillée dans du bois dur, elle arborait une chevelure d'écume et une paire de seins démesurée, propre à éveiller chez le commun des mortels une bandaison salutaire. Dans la salle, il n'y avait que deux pétroleuses sur le retour, fringuées pour tenter la repasse. Près d'elles, un gamin scotché à l'écran de *Fashion fr.*, et deux théâtreux venus chasser leur stress à grandes lampées de blanc limé avant de monter sur les planches de la Criée. Il n'y avait presque aucun bruit.

Soudain, un cri fit sortir Vieux Switch de sa torpeur :

— Arrêtez ! Vous me faites mal !

Un borborygme, plutôt qu'une phrase, lui répondit dans un rire. La voix de la jeune femme reprit de plus belle :

— Arrêtez, je vous dis !

1. Morne supportant le Christ Rédempteur, les bras en croix.
2. Habitants de Rio de Janeiro.

Malgré lui, car la statue n'avait pas fini de lui livrer tous ses secrets, Vieux Switch se mit debout et poussa la porte d'entrée. Dehors, trois singes rasés, les yeux marinés d'alcool, se renvoyaient une fille de l'un à l'autre. Malheureusement pour eux, la fille n'était autre que Blandine, la secrétaire particulière de Simoni.

Pas vraiment en veine de civilités ni de patience, Vieux Switch s'approcha et frappa deux fois dans ses mains. Les néandertaliens, customisés option zéro neurone, arrêtèrent leur jeu et se retournèrent d'un bloc. Le visage en larme, les premiers boutons du chemisier arrachés, Blandine courut se blottir dans les bras de Vieux Switch. Il la repoussa gentiment sur le côté, façon Gabin dans *Quai des Brumes* :

— Attendez-moi au bar et commandez quelque chose. Ce ne sera pas long...

Elle obéit.

Les trois hommes tiraient quand même plus du pitbull hargneux que du garçon coiffeur effarouché, parfumé à la lavande. Sur leurs pulls noirs, brillait l'écusson du *Baklava*. Dans leurs yeux, ne brillait rien. Rien de précis, en tout cas. Ils étaient simplement forts comme des chênes et cons comme des glands.

Vieux Switch tenta de désamorcer la situation :

— *Hey, men... Stop that fuckin'stuff. Or I gonna kill you, ass holes* [1]...

Leur réaction frisa l'encéphalogramme plat. Ils ne parlaient pas plus la langue de Brassens que celle de Dylan Thomas.

Le problème, comme à chaque fois dans ce type de situations, c'est que les ardeurs amoureuses des trois décérébrés se muèrent soudain en une volonté aussi ferme que pressée d'emplâtrer Vieux Switch. Ils sortirent

1. Eh, mecs... Arrêtez cette putain d'histoire. Ou je vais être obligé de vous buter, trous du cul...

leurs crans d'arrêt. Les lames brillèrent sous la lune. Mauvaise limonade, aurait dit le Marseillais. Si Blandine n'avait pas été en train d'observer la scène derrière la vitre du bar, Vieux Switch se serait tapé sans le moindre doute un sprint façon grand genre.

Se battre n'arrange jamais rien.

Mais elle était là. Puis, il était fatigué. Et le gin avait échauffé son esprit aussi sûrement qu'un piment oiseau vous arrache la gueule. Il fit un pas en arrière pour esquiver le premier coup et saisit l'avant-bras. Il le fit tourner dans le mauvais sens et le Vieux Port apprécia à sa juste valeur le craquement de l'os et des ligaments. Le sort du second marin fut réglé encore plus vite : son foie était trempé comme une soupe de prison et son horloge interne tournait déjà au ralenti. Un coup de tête lui explosa la pommette avec un sale bruit de tomate écrasée et un direct au plexus l'envoya peser les figues et vomir quelques décilitres de bière au rhum. La lame du troisième effleura l'épaule de Vieux Switch. En une fraction de seconde, il se dit qu'il aurait dû se laisser taillader le bras. Pas grand-chose, juste une estafilade, trois gouttes de sang pour séduire Blandine comme dans les films de cape et d'épée.

Mais Blandine était trop jeune pour lui. Et son costume de lin crème venait en droite ligne de chez Figueiro, un artisan tailleur de la Praça Onze, à Rio de Janeiro. Pour toute réponse, le marin reçut en pleine glotte une chaise de fer forgée posée en terrasse. Sa gorge émit un gargouillis désagréable et il s'effondra avec l'élégance d'un Kleenex avalé par un cabinet à la turque.

Même si se battre n'arrange jamais rien, Vieux Switch se dit que ça faisait quand même du bien, de temps en temps, d'envoyer les pieds.

Juste histoire de ne pas avoir à parler.

Derrière Blandine et Vieux Switch, les voitures de police s'arrêtèrent dans des crissements de pneus empruntés aux feuilletons nord-américains. À Marseille, ça se faisait plus qu'ailleurs. Même pour acheter une baguette, les flics à flags faisaient hurler les sirènes, s'arrêtaient en laissant dix francs de gomme sur la chaussée et sortaient des véhicules, Magnum sur le côté. Des cow-boys un peu ridicules qui avaient gardé comme dénominateurs communs le blouson marron cintré à la taille et les Ray Ban sans tain.

Un héritage de Bronson.

Pendant que, devant le Manhattan, les agents ramassaient les marins russes mal en point sur le trottoir, ils prirent la rue de la Croix d'un pas de promeneurs. Il commençait à faire vraiment faim à cette heure-ci de la soirée. Plutôt que de l'emmener au New York ou au Novotel Vieux Port, Vieux Switch préféra opter pour Chez Mémé. Dans cette pizzeria, la nourriture était succulente et il n'y avait pas de tarif. Chacun mangeait ce qu'il voulait. À la fin du repas, le patron faisait l'addition à la tête du client. Personne ne s'était jamais plaint. Mémé, un Corse bon teint, maniait l'humour et la batte de base-ball avec une dextérité inquiétante.

Deux armes redoutables, à Marseille.

— Alors, murmura Blandine, vous êtes journaliste ?

— Oui. J'écris aussi pour la publicité.

— Mais ça doit être passionnant !

— Non. Ça paye bien. Pas plus.

Blandine piqua du nez dans son assiette. Décidément, les gens ne comprenaient pas que le journalisme et la publicité étaient bien souvent les deux têtes siamoises d'un même corps pourri jusqu'aux entrailles. Ils rassuraient les faibles d'esprit, faisaient croire à tous que le monde tournait rond et agitaient des leurres, noirs ou argentés, selon les besoins du moment.

Très vite, la discussion glissa sur Simoni :

— Vous le connaissez depuis longtemps ? interrogea Vieux Switch.

— Si on veut, répondit-elle, l'air un peu gêné.

— C'est votre amant ?

Elle eut un sursaut de dame patronnesse ou de jeune pucelle effarouchée :

— Non ! Ce n'est pas parce qu'on travaille comme secrétaire pour un élu qu'on est obligatoirement sa maîtresse !

— C'est vrai. Et vous êtes un peu jeune...

— J'ai presque dix-neuf ans, se récria Blandine.

— Pardon... murmura Vieux Switch avec un sourire d'indulgence.

Cette gamine était réellement à croquer. S'il n'avait pas eu le double de son âge, il l'aurait volontiers séduite. Malgré sa poitrine quasi inexistante, toute sa chaleur trahissait des dispositions plus que prometteuses pour les jeux de l'amour.

Après un plateau d'huîtres et des escalopes *a la milanese*, Vieux Switch finit par poser la question franchement :

— Ça fait près d'un mois que j'ai quitté Marseille. Qu'est-ce que ça cache, cette histoire de *Baklava* ?

— Quelle histoire ?

— Vous savez très bien ce que je veux dire. Un Russe débarque à Marseille, achète le Vieux Port, et personne ne dit rien. Ni les politiques, ni même les Marseillais. Pourquoi ?

Pour la seconde fois, elle baissa le regard :

— Je ne peux rien vous dire. C'est un dossier auquel je n'ai pas accès. C'est Estroublanc qui le gère. Et il l'a classé top secret.

— Vous travaillez à l'Evêché. Vous devez bien avoir une idée ?

— Peut-être...

Elle avala une gorgée de vin, pour se donner un peu de courage. Après le kir royal, ses joues étaient rouges, pareilles à deux coquelicots posés sur une peau mate. Elle accepta une cigarette et commença à parler, les yeux dans le vide :

— Ce qui se dit dans les bureaux, c'est que monsieur Pétrinov serait venu ici à la demande d'Estroublanc. Le bateau russe a besoin du port pour quelques semaines. Mais ça, j'ignore pourquoi. Peut-être un caprice de nouveau riche.

— Ça m'étonnerait. Mais Estroublanc joue quel rôle dans cette histoire ?

— C'est un salaud. Les municipales sont dans trois mois. Il veut se faire élire maire. Et pour ça, il a besoin des devises de Pétrinov. Il lui laisse le Vieux Port et, en échange, Pétrinov lui finance sa campagne et lui fournit des gros bras pour l'affichage ou pour calmer les plus récalcitrants, comme vos amis.

Vieux Switch resservit les verres. Il laissa passer quelques secondes et reprit :

— Simoni est au courant ?

— Oui...

— Et il laisse le Front national vendre Marseille sans rien dire ?

— N'oubliez pas que ce n'est plus le Front national. Il s'agit du Nouveau Mouvement du nouveau front national. Ce n'est pas la même chose.

— Foutaises... Alors, il abandonne Marseille à ces fachos d'opérette ?

— Je pense qu'il n'est pas au courant de tout. Il doit en savoir à peine plus que moi. Estroublanc a dû lui promettre quelque chose pour qu'il ne dise rien. Et en échange, il utilise sa popularité pour calmer les Marseillais. N'oubliez pas qu'il est de Saint-Antoine. Ça compte, ici...

Elle écrasa sa cigarette avec nervosité dans le cendrier. A priori, il ne fallait pas toucher à son patron. Vieux Switch en fut presque surpris. Puis il se dit simplement qu'elle faisait bien son boulot, que Simoni était sans doute son premier patron et que, de plus, il était plutôt beau gosse. Trois bonnes raisons pour ne pas insister.

Il se leva, fit un bref détour par la caisse enregistreuse de Mémé et paya sans être vu par Blandine. Puis il revint s'asseoir. Pour les marionnettes, Mémé se rendit à leur table et aligna les zéros sur la note en face de chaque plat. Un couple de veaux marins, des habitués des lieux, n'en crut pas ses yeux. Blandine se mit à rire de plaisir, comme une gosse qu'elle était.

Quand il la déposa devant chez elle, Vieux Switch se dit que vraiment, il aurait aimé être plus jeune. Mais il avait trente-quatre ans. Et Blandine, dix-huit. En outre, il aimait jusqu'à la déraison les femmes aux seins lourds, aux fesses rebondies et dont la libido savait inventer bien plus que les jeunes filles de son âge ne pouvaient imaginer.

Deux arguments largement suffisants pour ne pas bouger une oreille.

Le Baklava tirait tout à la fois de l'enfer noir et du paradis sur terre. Sur le pont, rien de très remarquable à part deux mitrailleuses lourdes situées à bâbord et à tribord. Sur des tourelles mécanisées, elles cachaient leurs grandes gueules luisantes sous des manteaux de toile blanche, presque élégants. À la proue, le drapeau russe claquait dans le mistral tandis qu'à la poupe, un imposant système radar tournait sur lui-même, sans discontinuer, en discussion avec les satellites. Tous les deux mètres, un garde en faction. Les mêmes que ceux que Vieux Switch avait emboutis la veille, devant le Manhattan.

Sauf que ceux-ci étaient en meilleure santé.

Au garde-à-vous dans le Vieux Port, ces molosses à deux pattes n'étaient pas d'une grande utilité, presque ridicules sous l'œil des badauds. Pourtant, directement commandés par Pétrinov, ils conféraient au yacht la noblesse d'un porte-avions en miniature.

Leurs fusils-mitrailleurs décourageaient aussi les lazzis éventuels.

À l'entrepont, on trouvait les carrées des gardes, les communs, les cuisines et autres locaux de service. Le blanc lumineux du dehors se changeait alors en vert-de-gris froid et sale. Entre eux, pas de plaisanterie ni de discussion futiles. Seuls, les ordres indispensables étaient aboyés à heures fixes. Un faux pli au pantalon, un bouton manquant ou une cigarette fumée à la sauvette dans une aire interdite, et Pétrinov se débarrassait aussi sec du fauteur de troubles. Si l'incident se produisait en pleine mer, c'était direct par-dessus bord. À quai, l'abandon pur et simple, sans paye, sans papier et sans explication. Dans les cas les plus graves, une balle dans la tête.

Propre. Net.

En revanche, au dernier niveau situé sous la ligne de flottaison, Pétrinov tenait ses quartiers privés. Toutes en chêne ambré et en bois précieux, décorées de façon baroque, plaquées d'or et piquetées de diamants, recouvertes de fourrures d'ours blancs et de peaux de phoques, placardées de toiles de maîtres achetées au poids, croulant sous le marbre, l'ivoire, le platine et les rubis en rafales, les suites dégueulaient de mauvais goût, hurlaient au pompier, refoulaient la tristesse d'âme, clinquaient de fric, d'oseille, de pognon et de grosse caillasse trop vite gagnée.

Le goût ne s'achète pas.

C'était là que Pétrinov entreposait ses bijoux les plus beaux, les plus rares. Au total, une bonne trentaine de courtisanes issues de tous les continents. Vêtues selon la coutume de leur pays, elles représentaient la perfection faite femme. Du moins, la perfection conçue par un érotomane persuadé que la femelle n'a reçu le don de la parole que pour hurler sa jouissance sous les coups de boutoir frénétiques d'un mâle appendice.

En l'occurrence, le sien.

Pourtant, pour ces princesses triées sur le volet, les règles étaient aussi dures que pour les gardes et les hommes d'équipage. Un bouton d'herpès, des menstrues mal venues, un brin de persil chinois coincé entre deux dents, et la malheureuse en faute plongeait aussitôt faire le régal des requins et autres congres affamés.

Avec une voix de bouteille de vodka mal débouchée, raclant les R et changeant de tonalité à chaque mot,

Pétrinov invita d'une voix doucereuse Joseph Estroublanc, le petit préfet de police, à entrer :

— Venez, cher ami. Approchez...

Boudiné jusqu'à l'auriculaire dans son costume de général autoproclamé, transpirant la saucisse cuite et le hareng fumé pomme à l'huile, parfumé au caviar jusque dans les narines, Pétrinov attendait, vautré, le cul serti dans une montagne de coussins d'organdi.

Pas franchement à l'aise dans tout ce luxe, Estroublanc avança à petits pas jusqu'à la grande couche du fond. D'une voix rendue blanche par la trouille du pouvoir, il balbutia :

— Général Pétrinov, c'est un honneur d'être reçu ici, dans vos appartements privés...

Pétrinov repoussa d'un geste dégoûté un plat de loukoums confits dans le miel afghan :

— Laissez, mon ami. Pas de chichis entre nous. Et, comme vous le dites si bien chez vous : c'est à la bonne franquette ! Et aujourd'hui, c'est jour de fête pour nous, pas vrai ?

Sous le regard muet d'une délicieuse Chinoise de Tahiti revêtue d'un paréo de soie verte, Estroublanc acquiesça du menton et posa un quart de fesse tremblante sur un tabouret de cuir marqueté d'or :

— Merci, général...

Le propriétaire du *Baklava* s'assit à son tour. Frisant sa moustache passée au cirage entre deux doigts, il observa son invité en silence, l'espace de quelques secondes. Collés à l'un des hublots, deux vieux mérous mal dégazés appréciaient la scène. D'un claquement de doigts, Pétrinov fit alors servir deux vodkas blanches. La Chinoise de Tahiti déposa les verres de cristal. Une Amazonienne, croisée avec un descendant des villages bantous, fit couler l'alcool. Dans le mouvement, son bustier glissa sur son épaule gauche. Elle possédait une paire de seins que seul Rubens aurait pu croquer. Avec joie. Et une peau plus douce qu'un ventre de chatte.

— Buvez, cher ami... L'alcool abrège peut-être la vie. Mais il en accentue les plaisirs.

— Oui, général...

Et Estroublanc s'enquilla le nectar coupé au chlorhydrique derrière son col de costume bleu pétrole. Ses intestins hurlèrent à la révolution mais il demeura plus silencieux qu'une secrétaire à l'accueil de la Sécurité sociale. Il se racla la gorge à plusieurs reprises et finit par articuler :

— Général Pétrinov ?

— Oui ?

— Je suis venu pour notre petit arrangement. Vous savez ? Ce dont on avait parlé...

Pétrinov lâcha un rot tonitruant et déglutit avec une joie visible. Puis il claqua une paire de fesses vietnamiennes qui auraient fait le bonheur de Bernie et ricana :

— L'argent, toujours l'argent... Je vais vous en donner, monsieur Estroublanc. Je vais vous en donner tellement que vous me supplierez bientôt d'arrêter. Le fric, il n'y a que ça qui excite jusqu'à la déraison les hommes politiques en France. Ailleurs aussi, du reste...

Estroublanc reposa son verre. Il était maintenant aussi gêné par les privautés de langage de Pétrinov que par la délicieuse Sénégalaise qui le couvait du regard dans son sarouel damassé. Si sa libido de préfet n'avait pas penché davantage du côté du fier légionnaire que de la sinueuse sylphide, sûr qu'il aurait perdu tout contrôle. Mais ces délices africains avaient à peu près autant d'effet sur son anatomie qu'un sexe de cobra sur le clitoris d'une mangouste féministe.

Pétrinov claqua à nouveau des doigts et la Chinoise de Tahiti ouvrit la porte d'un coffre-fort dans l'une des parois de la pièce. Elle était réellement parfaite, une rose blanche chaude de soleil. Sans un sourire, elle sortit une valise de cuir noir qu'elle déposa devant Estroublanc.

— Ouvrez, cher ami... invita Pétrinov d'un petit geste de la main. Il y a la somme convenue. Et un peu plus, peut-être. Je dois vous avouer que je ne suis pas très doué en arithmétique...

Estroublanc garda la valise fermée sur ses genoux et déclina l'offre avec ferveur :

— Général, mais je vous fais toute confiance !

— Moi pas...

— Pardon ?

Pétrinov se leva et croisa ses bras sur sa poitrine. Il approcha son visage de celui d'Estroublanc, presque à le toucher, et :

— À ce niveau de négociations, il n'y a pas de confiance. Il n'y a que des marchés. J'ai rempli ma part. Je vous conseille très fermement de remplir la vôtre. Est-ce que j'ai été assez clair, monsieur le préfet ?

Estroublanc recula d'un pas :

— Mais j'ai fait tout ce que vous m'avez demandé ! Vous êtes maintenant propriétaire du Vieux Port, pour le temps qui vous plaira. Mes hommes sont à votre service et, si vous avez besoin de quoi que ce soit, vous n'avez qu'à me le faire savoir et vous serez servi.

Pétrinov sourit de façon doucereuse et tapota à trois reprises la joue glabre de son interlocuteur :

— C'est bien... C'est bien, monsieur Estroublanc. Mes petites recherches ne vont pas durer très longtemps. Tant que tout se passera bien avec les habitants de votre ville, je serai moi aussi votre obligé.

— Merci, général...

— Dans deux mois, vous serez maire. Et moi, je serai élu membre d'honneur de la CEE. Peut-être de l'ONU. Ou de l'OTAN. À vrai dire, je n'ai pas encore choisi.

Sous l'œil étonné du petit préfet, il ajouta, presque pour lui-même :

— En tout cas, je vais les faire danser, les politiques...

Quand Joseph Estroublanc regagna l'Evêché à bord de sa Mégane escortée par quatre motards, il se dit qu'il venait de réussir l'affaire de sa vie. Le Russe était de toute évidence à la recherche d'un trésor éventuel perdu quelque part dans le Vieux Port.

Ça, ou autre chose.

Contre un peu de tranquillité et trois papiers timbrés, Pétrinov lui offrait une campagne électorale musclée avec, au bout du chemin, la mairie de Marseille.

Il était gagnant sur toute la ligne.

A voir...

QUATORZIEME MAURESQUE

Quand on veut savoir de quoi il retourne dans une affaire, il n'y a pas trente-six solutions. Il faut se rendre sur place. Quelquefois, la traque aux informations se solde par une bagarre de rue avec trois marins totalement azimutés. D'autres fois, le mécanisme fonctionne.

De toute façon, ça vaut toujours mieux que l'immobilisme frileux.

C'était en substance ce que se disait Vieux Switch à l'embouchure du Vieux Port, côté jetée. Revêtu d'une combinaison de plongée, il vérifiait le bon fonctionnement des détendeurs sous une lune glaciale. Trois heures du matin. Aucun risque d'être dérangé par un promeneur insomniaque, encore moins par un couple illégitime. Cette nuit-là, même les poissons nageaient en doudounes plumes d'oie et moufles sur la queue.

Au loin, à près de cinq cents mètres, *Le Baklava* n'avait allumé que ses feux de position. Enveloppé d'un halo laiteux, il semblait presque irréel dans ce Vieux Port exsangue de bateaux. Vieux Switch prit une grande inspiration. Puis il plongea dans l'eau glacée. Les dernières phrases du Marseillais lui revinrent en tête. Une main sur le cœur et l'autre sur le pastis du soir, il avait déclaré d'un air grave, presque lugubre :

— Switch, tu es mon ami. Et si tu es mon ami, c'est que je suis ton ami...

— Si tu veux.

— C'est pas si je veux, c'est des mathématiques, ça ! Alors, en tant qu'ami, je suis désolé de te le dire, mais je trouve que tu pars en vrille, grave. Voilà la vérité vraie.

— Ah oui ?

— Parfaitement. Tu es Marseillais, tu es mon ami, et tu refuses de me rendre un service anodin ! C'est même pas un service, c'est une bonne manière ! Tiens, c'est une galanterie amicale que je te demande. Rien de plus. Et tu me la refuses ! Laisse-moi te dire que je suis déçu. Et même, très très très déçu...

— Vas-y, toi...

Le Marseillais, plus théâtral que jamais, avait fait un pas en arrière :

— Moi ? Mais tu es fou ? Toi, un ami à moi, tu veux que je casse la glace et que je plonge dans le Vieux Port ? Mais tu déparles, mon pauvre !

— Pourquoi ?

— Un, je nage comme une enclume. Deux, ça n'est plus de mon âge. Trois, c'est un service que je te demande. Pas un sacrifice. Et c'est la première fois. Si tu n'acceptes pas aujourd'hui, à cette minute précise, c'est une occasion qui ne se représentera jamais plus.

— Comme disait Lao-Tseu : on ne trempe jamais deux fois son pied dans la même rivière.

— Ni ses lèvres, deux fois dans le même pastis...

Le Marseillais avait le don de la répartie philosophique. Il éclusa sa crème fraîche aux glaçons et tourna le dos d'un air presque méprisant.

Au bout de quelques battements de palmes, le corps de Vieux Switch retrouva sa température normale. Il avançait, le ventre collé au plus profond de l'eau, pour que le faisceau de sa torche ne puisse pas être remarqué depuis la surface.

Autour de lui, les entrailles du Vieux Port faisaient réellement peine à voir. Où qu'il pose les yeux, ce n'était que pneus engloutis, ferrailles entremêlées, bidons d'huile éventrés, lave-linge abandonnés ou postes de télévision enrubannés d'algues noires. D'un coup de reins, il évita de justesse une carcasse de voiture bouffée de mousse où s'accrochait, désespéré, un cadre de bicyclette démantibulé.

Et dire que, jusqu'en 1960, on venait de Salon-de-Provence, de Saint-Chamas, de Cavaillon et même d'Avignon pour déguster des plateaux de moules qu'on vous pêchait sous les yeux...

Aujourd'hui, Marseille était vraiment à l'image de son Vieux Port. Abandonnée, désolée. Il était temps pour elle de faire le ménage, juste histoire de recouvrer un peu de fierté, de superbe, de liberté.

Vieux Switch éteignit sa torche et remonta silencieusement jusqu'à la surface. Il n'était plus très loin. Avant de se laisser à nouveau couler comme un rocher, il entendit encore quelques mots désolés du Marseillais :

— Switch, sérieusement : on peut pas laisser le Vieux Port aux mains de ce Cosaque. Ce serait une honte, quelque chose de pas joli. Et ce serait une abomination pour Marseille que mon bar, le bar de l'Aviation, soit tenu par un pédé bleu comme Estroublanc qui sait même pas doser un Bombardier[1] convenablement. Alors, va là-bas, s'il te plaît... Et si tu arrives à savoir ce qui se passe, Marseille pourra te dresser une statue encore plus grande que celle du David, au Prado.

— Ça va...

— Et moi, je t'adopte comme mon fils...

Quelques derniers coups de palmes et Vieux Switch atteignit le bâtiment. Guidé par son instinct, il entre-

1. 1/4 de whisky, 1/4 de vodka, 1/4 de cognac et 1/4 de pastis bouillant, pour flamber le tout... Tout dépend de la grandeur des quarts !

prit d'en faire le tour sans remonter à la surface. Deux vieux mérous lui servirent de guides et il se retrouva rapidement devant un hublot doucement éclairé. Sur un clin d'œil des poissons, il observa à l'intérieur avec d'infinies précautions et faillit aussitôt en avaler son détendeur, le masque et les bouteilles de plongée qui vont avec.

À l'intérieur, une trentaine de femmes, totalement dévêtues, étaient alanguies sur un gigantesque matelas dans un désordre charmant. C'était beau comme la création du monde. Rehaussées de quelques bijoux d'or et d'argent, parfaites jusqu'à la déraison, elles ne vous laissaient que le choix entre prier, remercier le ciel d'avoir créé des femmes aux couleurs de peaux si belles et si différentes, ou partir dans une érection priapique totalement incontournable.

Alors que Vieux Switch était sur le point de choisir, le plus vieux des mérous attira son attention sur un spectacle étrange. À cinquante mètres en direction de la poupe, une dizaine d'hommes-grenouilles progressaient vers la berge du Vieux Port, quai de Rive Neuve. Chargés d'outils hétéroclites, ils suivaient en file indienne un filin noir qui reliait le ventre du *Baklava* à la terre, comme un cordon ombilical contre nature.

Vieux Switch fit un signe aux deux mérous, index et pouce joints, pour les remercier de leur aide aquatique. Puis, il abandonna au hublot ces deux noctambules érotomanes. Avant de disparaître, il leur jeta un dernier coup d'œil. Avec un peu de tristesse, il se dit qu'il était dommage, face à un tel harem, que les poissons ne soient jamais travaillés par des désirs onanistiques.

Ce regrettable oubli anatomique les privait irrémédiablement d'un soulagement qui aurait pourtant été le bienvenu.

Mais le monde était bien fait, puisque les poissons n'ont pas de main...

À plusieurs mètres sous la surface, les hommes de Pétrinov ne chômaient pas. Deux d'entre eux manipulaient un marteau pneumatique et attaquaient la base de la berge avec application. À leurs côtés, d'autres plongeurs se partageaient les tâches. L'un s'occupait de l'éclairage et un autre prenait des notes sur une ardoise spécialement conçue à cet effet. Trois hommes s'occupaient du filin électrique relié au bateau et, de chaque côté, deux gardes supplémentaires étalonnaient le mur avec un décamètre. À certains endroits très précis, ils traçaient des croix fluorescentes sur la paroi moussue.

Vieux Switch, torche éteinte, s'approcha un peu plus avec la discrétion de la murène qui se love entre deux rochers.

Dans un bourdonnement tout juste perceptible, le marteau pneumatique faisait sauter des éclats de coquillages, de pierres et de béton. Les blocs tombaient en feuille morte dans le fond du Vieux Port et soulevaient de fins nuages de vase et de limon noir. Tous ces travaux étaient effectués sans précipitation, avec méthode, comme un dentiste excave une molaire malade.

Sacré spectacle...

Vieux Switch revint en arrière et s'installa entre une vieille Torpédo et une R16 Gordini, presque neuve, mais châtrée de son moteur. En position de fleur de lotus, il se mit à réfléchir.

Qu'est-ce que Pétrinov pouvait bien chercher dans ce Vieux Port à l'agonie ? D'après ce qu'il avait pu apprendre, le pseudo-général autoproclamé était blindé de pognon à ne plus savoir qu'en faire. À côté de sa fortune personnelle, Fort Knox faisait figure de tirelire pour Yankee pré-pubère en pleine crise de 1929.

Décidément, non. Pétrinov ne se donnait pas toute cette peine pour récupérer un trésor éventuel. Ça ne tenait pas debout. De toute évidence, il cherchait autre chose. Quelque chose de beaucoup plus important que la malle emplie de sequins, diamants et autres rubis du vieil abbé Faria.

Mais quoi ?

Il en était là de ses réflexions subaquatiques lorsqu'il perçut une présence sur sa gauche. D'instinct, il se laissa aller en arrière. Bien lui en prit. Un harpon bleu, projeté avec violence par un fusil, ricocha sur la vitre de son masque. Aussitôt, Vieux Switch se retourna. Et là, il se dit qu'il aurait mieux fait de se branlusquer le Chinois en compagnie des deux mérous plutôt que de jouer les plongeurs espions pour les belles paroles du Marseillais. Face à lui, à moins de cinq mètres, deux gardes en combinaison noire le fixaient de leurs petits yeux rapprochés, pas franchement sympathiques. Pendant que le tireur malchanceux allumait une torche incandescente, le second le mit en joue et tira presque aussitôt. D'un coup de reins désespéré, Vieux Switch décida de tourner le dos au projectile. Son seul espoir : que le harpon choisisse, pour s'écraser, l'une des deux bouteilles d'oxygène plutôt que sa nuque ou l'une de ses omoplates. Il ferma les yeux et attendit le choc.

Une seconde plus tard, il sentit son corps projeté avec violence vers l'avant dans le bruit acide de deux morceaux de fer qui se heurtent de plein fouet. Il atterrit dans le coffre vide de la Gordini et remercia le ciel que la bouteille ait tenu le choc. Dans le cas contraire, il ne serait plus resté de lui que quelques lambeaux de combinaison aquatique, un masque explosé et de quoi faire le bonheur gastronomique des deux vieux mérous mazoutés.

Sans laisser le temps au garde de recharger, il effectua une brusque rotation sur lui-même, prit appui contre le becquet de la R 16 et se propulsa droit sur les deux hommes de Pétrinov, poings en avant.

Sous le choc, le second tireur valdingua de deux bons mètres en arrière et aurait même pu faire mieux si une tige d'acier plantée dans un bloc de béton ne l'avait pas transpercé de part en part, façon *churrasco* [1] brésilien.

Le second eut le mauvais réflexe de protéger son visage avec son bâton incandescent. Le poing de Vieux Switch, vraiment colère sur ce coup-là, enfonça le détendeur et la lampe fluorescente au plus profond de la bouche du Russe. En moins de temps qu'il n'en faut pour le dire, le garde sous-marin eut la face rayonnante. Son visage se mit à émettre par les narines, les yeux et les oreilles une élégante lumière jaune phosphorescente. Avec les bulles qui jaillissaient des bouteilles d'oxygène et les filets de sang tourbillonnants, on aurait presque pu se croire dans un happening des années soixante-dix, version *Grove and Gore* [2].

Attirés par la lumière, les autres gardes arrivaient déjà. Un vrai petit banc de requins avec des fusils harpons jusque derrière les ouïes.

Sale temps...

De toute la force de ses palmes, Vieux Switch se mit à nager droit devant lui. Il contourna *Le Baklava* par la poupe et n'eut même pas l'ombre d'une pensée émue

1. Plat brésilien à base de morceaux de différentes viandes plantés sur une longue épée.

2. Ringard et violent.

pour le harem alangui. Plutôt que de remonter à la surface, il plongea le plus profond possible et entama un slalom effréné entre les détritus du Vieux Port. Dans son dos, les premiers harpons se tendaient, prêts à gicler sur lui de toutes leurs pointes acérées...

Il ne fallait pas se leurrer. Vieux Switch ne tiendrait pas longtemps. Mieux entraînés que lui et plus nombreux, rompus à tous les exercices sous-marins, motivés par la trouille de se faire buter dans le cas où leur proie leur échapperait, les hommes de Pétrinov ne tiraient certes pas juste. Mais ils avançaient vite. À sept contre un, la partie était perdue avant même d'avoir été jouée.

À bout de souffle, Vieux Switch sentit soudain qu'un de ses poursuivants le retenait par une palme. De son pied resté libre, il lui assena une ruade qui décrocha l'importun avec un craquement à peine assourdi par la pression de l'eau. Alors qu'il allait reprendre sa fuite, le couteau d'un nouveau garde transperça son autre palme et la lacéra sur toute la longueur.

Le temps pour Vieux Switch de remercier le ciel de ne pas chausser plus grand, et il repartit dans son gymkhana débridé. Mais, avec une palme en moins, la messe était dite. Il nagea tout de même jusqu'à la berge, se retourna, empoigna son couteau et fit face à ses poursuivants. Crever, oui. Mais pas d'un sale coup de harpon dans le dos. Pour quitter le plancher des vaches, en l'occurrence celui des veaux marins, il voulait voir sa mort bien en face.

D'ailleurs, elle était là.

Maintenant au nombre de six, les plongeurs entourèrent Vieux Switch. Poignards tendus, franchement décidés à en finir avec ce gêneur une bonne fois pour toutes, ils laissèrent leurs fusils harpons tomber à leurs pieds et avancèrent très doucement vers lui.

Il ne pouvait plus leur échapper.

Vieux Switch eut une pensée émue pour toutes les

femmes qu'il ne connaîtrait jamais. Inuits en fourrures, princesses noires à plateaux, descendantes des Tupiniquins [1] d'Amazonie ou geishas japonaises aux pieds bandés : il leur tira sa révérence avec un petit sourire déçu et s'apprêta à avaler son extrait de naissance sous des coups de couteaux tenus par des Russes inconnus.

À cet instant, une torpille lancée depuis la berge frôla le crâne de Vieux Switch et percuta avec violence deux plongeurs d'un seul coup. Bernie, le fidèle Bernie, venait de plonger en apnée. Une machette dans chaque main, il égorgea le premier homme et cisailla la nuque du second dans le même mouvement. Avec une douce jubilation, Vieux Switch s'arc-bouta contre le mur et se propulsa vers l'avant ficher sa lame entre les deux yeux d'un garde. De son côté, Bernie continuait ses ravages et entreprenait déjà une autre victime. Prise entre les bras du géant, celle-ci commençait à virer à un joli bleu et faisait des petits battements de bras désespérés pour se libérer.

Effort inutile.

Bernie avait un cœur. Plein de pitié, il acheva la souffrance du garde en lui dévissant la tête.

Ils étaient maintenant deux contre deux. Dans le sang et la vase mêlés, un instant d'immobilité succéda à la bataille. Avec des gestes très lents, les deux Russes ramassèrent leurs fusils harpons. À moins de cinq mètres, ils mirent Vieux Switch et Bernie en joue. Leurs doigts caressèrent les gâchettes.

C'est alors qu'une lumière aveuglante transperça la pénombre. Dans la même seconde, deux coups de feu retentirent et atteignirent les plongeurs, l'un en pleine gorge, l'autre au niveau du sternum.

Vieux Switch tourna la tête vers la surface. À quelques mètres au-dessus, le visage écrasé dans un masque trop

1. Tribu indienne du Brésil.

petit pour lui, les deux mains serrant fermement des fusils à canons sciés, le Marseillais souriait de toute sa figure, la moitié du corps dans l'eau et l'autre sur le quai du Port.

C'était vrai. Il nageait comme une enclume. Mais il tirait comme un champion !

SEIZIEME MAURESQUE

Le lendemain, un soleil comme il n'en brille qu'à Marseille ricochait sur les façades et rappelait à qui voulait l'entendre que le printemps avait décidé de sortir de son trou.

Vieux Switch vint s'accouder à la rambarde en fer du balcon. Perchée sur la couronne de silex qui encercle Marseille, la cité de la Castellane surplombait la ville de tout son poids. Ici, sur ces barres de béton construites à la va-vite dans les années soixante/soixante-dix, les touristes trouvaient enfin leurs rêves de misérabilisme. Ils n'entraient jamais à la Castellane mais ils savaient que trente pour cent de la population était au chômage, que les familles étaient en fin de droits de tout et que l'insécurité planait à chaque carrefour.

Mais ceux de la Castellane, eux, s'en foutaient. Ils embrassaient Marseille avec une pointe d'arrogance et de fierté. Depuis ces barres, ils avaient la plus belle vue de toute la ville. Et ça les flattait, quelque part, d'exciter l'imagination des touristes. Ceux qui venaient de loin. Mais aussi ceux qui habitaient les quartiers sud.

Vieux Switch alluma une blonde. Il était bien. À ses pieds, la Méditerranée explosait de lumière. De là, il pouvait voir jusqu'aux côtes tunisiennes ou marocaines. Il fallait juste une bonne vue, et un rien d'imagination. Malgré tout, il se disait que sa ville avait bien changé en moins d'un siècle. Avant, à l'époque des trois-mâts et des goélettes, la route de l'Orient débouchait directement sur le Vieux Port. Il y avait alors moins de nationalités au siège de l'ONU que dans les rues Thubaneau ou Curiol. Moins de tapins à dix sacs et de marlous, aussi. Tous les enfants de la Méditerranée se mélangeaient avec la bénédiction de la Bonne Mère dans de grands éclats de rire et de coups de sang.

Dans les années soixante, tout avait commencé à se gâter. Les politiciens avaient soudain décidé de nettoyer le centre ville. Ils avaient voulu en faire un exemple de normalité. Et les cités comme celle de la Castellane avaient poussé dru sur les mornes désertiques. Au fil des années, des centaines de milliers d'Arabes, d'Italiens, d'Espagnols ou de Portugais avaient été déménagés du centre pour être parqués là. Puis étaient venus les Comoriens, les Gabonais, les Soudanais, les Vietnamiens, les Chinois, les Gitans et toute une frange désespérée, chassée d'Europe de l'Est. En situation plus ou moins régulière, avec ou sans papiers, ils avaient atterri à la Busserine, à Bassens ou encore à Font-Vert, à Simiane et aux Flamands.

Les politiciens avaient gagné leur pari : le centre ville s'était vidé comme un poulet égorgé. Les ensembles de bureaux avaient remplacé les habitations. Dès dix-huit heures, la Canebière était désertée. Il ne restait plus que quelques tapins en détresse, place de l'Opéra. Ultime outrage : le Cintra, un vieux café aux boiseries vernies et aux buveurs légendaires, avait été remplacé par un Mac Donald flambant neuf. Le tout, sur le Vieux Port, au bas de la Canebière.

Vieux Switch avala son verre de gin. Décidément Marseille et Rio de Janeiro étaient sœurs jumelles. Au sud, les riches. Au nord, les pauvres. Au milieu, le centre industrieux privé d'âme.

Il était trois heures de l'après-midi. La tête enfarinée par une mauvaise nuit de sommeil, des cristaux de sel de mer encore accrochés par plaques aux coins des yeux, le Marseillais vint le rejoindre. Il se servit une mauresque légère et s'affala sur un pliant, protégé du soleil par la parabole de la télévision. Ici, à la Castellane comme ailleurs, presque tous les balcons avaient leur parabole. Histoire de rester en contact avec le pays.

— C'est quand même une fière idée que t'as eue... bougonna-t-il.

— Quoi ?

— De venir ici ! Je te demandais pas une planque sur la corniche Kennedy ou au Prado. Mais là, c'est un peu limite point de vue classe tout de même !

— Dis-toi que Zidane a été élevé ici. Et qu'il y est revenu pour finir sa carrière...

Dans la bouche du Marseillais, ce n'était pas du mépris. Il avait connu ces quartiers plus qu'à son tour. Ce qui le gênait, c'était plutôt les mauvais souvenirs qui allaient avec. Il bâilla et reprit :

— Et tu le connais d'où, cet Eddy ?

— Une vieille histoire...

Vieux Switch avait rencontré Eddy dès qu'il était arrivé à Marseille, vers l'âge de quinze ou seize ans. Comme pour toutes les bonnes amitiés, ça avait commencé par une belle filade dans un coin de la cour du lycée Victor Hugo. Les coups n'avaient pas vraiment porté et les deux garçons s'étaient séparés sans vainqueur ni vaincu. L'estime était née. Ils avaient passé deux ans dans le même fond de classe, puis Eddy avait été sacqué par le proviseur.

Eddy, ça n'était pas seulement un prénom américain ou français. C'était aussi tunisien.

Libre, il avait alors longtemps hésité entre les petits coups minables organisés par ceux de la Castellane, et ce que les bourgeois appellent pompeusement le droit chemin. Agrippé par la coco, il avait choisi. Il avait la double nationalité. Pour se sortir des sniffs et de la piqûre de blanche, il avait devancé l'armée tunisienne. À dix-sept ans, il s'était porté volontaire pour faire son temps dans une garnison disciplinaire, perdue dans le désert. En Europe, c'était un crouille, un tronc de figuier, un sale Arabe. En Afrique, un traître au Coran, un Français mal blanchi. Pendant dix-huit mois, il avait eu droit à un régime de faveur. De retour à Marseille, il avait perdu près de vingt kilos.

Et la sale habitude de sucer la farine mal raffinée par les narines.

Aujourd'hui, Eddy était une espèce d'éducateur des rues. À la Castellane, il y avait du boulot.

La porte d'entrée claqua. Vêtu de Nike de la tête aux pieds, Eddy revenait du siège de sa petite association, plus ou moins clandestine. La municipalité ne lui donnait aucune subvention. Alors, il se débrouillait. Il avait confisqué un T5 en rez-de-chaussée à la SACOGIVA. Personne n'était venu le déloger. Pas plus la police que EDF ou France Telecom, lorsqu'il avait bidouillé les compteurs.

À la Castellane, personne n'entrait. Jamais.

— Switch ! cria-t-il dans un rire. Comment tu vas, *khouya* [1] ?

— Ça va...

— Ils sont comme des fous, sur le Vieux Port ! La vie de ma mère : les condés, ils courent de tous les côtés ! Pire que si Spaggiari ou Tano Zampa, ils avaient fait un *cambu* [2] aux Nations Unies ! Ils arrêtent pas de repêcher les cadavres !

— Je sais...

1. Mon frère, mon ami.
2. Cambriolage.

— Mais t'inquiète pas, va. Ici, tu risques rien. C'est tout le quartier qui te protège, *Inch'Allah* [1]...

Et il embrassa la première phalange de son index de la main droite. Puis il se retourna :

— Oh, Marseillais, t'as réussi à te lever ?

— Non, je suis somnambule...

Eddy était plutôt beau gosse. Pas très grand, des cheveux noirs de jais mettaient en valeur un visage bronzé, hiver comme été, fendu par une rangée de dents éclatantes. Le sourire toujours accroché aux coins des lèvres, l'œil vif volontiers scotché aux courbes sensuelles des cousines [2], il passait le plus clair de son temps à rire de tout et de rien, comme un enfant. Mal à l'aise dans le Coran traditionaliste, il apprenait aux gosses à se méfier des barbus intégristes autant que des désespérés du fascisme.

Il se servit une bonne mauresque sans majuscule et se laissa tomber sur l'autre pliant :

— Sur le Vieux Port, c'est une vraie révolution. Y'a des keufs partout, ça cavale dans tous les coins avec les sirènes, les gyrophares et tout ! Je sais pas ce qu'ils vous ont fait les Russes, mais vous me les avez bien arrangés !

Le Marseillais, l'œil noir, se pencha vers lui :

— Ce qu'ils nous ont fait ? Mais tu veux rire, ou quoi ?

— Non...

— Mais ils ont fait qu'ils m'ont pris mon bar ! Voilà ce qu'ils m'ont fait ! Et pire que ça : ils m'ont pris le Vieux Port, ces enculés !

Eddy alluma une blonde. Puis :

— Et alors ?

— Comment ça : et alors ? Ça te suffit pas, ça ? Tu voudrais pas qu'en plus, ils nous prennent Notre-Dame

1. Si Dieu le veut.
2. Surnom donné aux jeunes filles beurs de la seconde génération.

de la Garde, non ? Et tant qu'on y est, les docks, la cathédrale de la Major, la Canebière et les Réformés ?

Eddy épousseta l'air du dos de la main, en signe de désintérêt total :

— Qu'est-ce que tu veux que ça me foute ?

Le Marseillais se dressa d'un bond, les poings serrés :

— Mais tout ! Moi, j'aimerais que ça te fasse tout ! Et toi, ça te fait rien !

— Absolument rien...

— Mais c'est pas possible ! T'es pas Marseillais ?

— Oui, je suis Marseillais.

— Et alors ?

— Je suis de la Castellane...

— Et alors ?

— Vu d'ici, le Vieux Port il est bien petit, tu sais ? Que ce soit un Russe qui y gare son bateau ou un enculé mondain des quartiers sud, pour moi c'est la même chose...

— Mais tu peux pas dire ça...

— Pourquoi ?

— Parce que...

Presque au désespoir, à court d'arguments, le Marseillais cherchait ses mots. Soudain, il frappa dans ses mains :

— Parce que c'est comme si t'aimais qu'une partie de Marseille. Et pas Marseille tout entière, tu comprends ça ? Comme une femme. C'est pareil que si t'aimais que le corps d'une femme et pas sa tête, parce qu'elle porte des lunettes !

— Ça, c'est pas possible...

— Pourquoi ?

— Un, parce que j'aime trop les gazelles. Et deux, parce que courte de vue, bonne du cul !

Et il partit dans un grand éclat de rire. Le Marseillais haussa les épaules et s'enquilla une nouvelle mauresque dans le cornet. Avec les olives cassées, les piments au vinaigre et les cacahuètes grillées maison, c'était un régal. Une kémia de choix.

Vieux Switch tourna le dos à la mer. Cigarette au bec, il observa Bernie, toujours aussi silencieux. Assis sur le carrelage du balcon, il laissait son regard dériver doucement vers le large. Vers Hanoi ou Pnom-Penh. Quand un oncle de la Légion l'avait inscrit à la Coloniale, il n'avait que quinze ans et demi mais il en paraissait bien dix-huit ou dix-neuf. En trois semaines, il était passé de l'assistance sociale aux bordels enfumés de Saïgon. Le Viêtnam lui avait tout appris. Il lui avait aussi tout pris. Même sa petite fille[1].

Vieux Switch catapulta son mégot dans le vide. Puis il lâcha :

— Je vais aller voir Simoni...

— Tu veux aller voir le premier adjoint, en ce moment ? Mais t'es fou ! s'écria Eddy.

— Possible...

— Écoute, Switch, les condés sont sur les dents. Si vous avez pas buté tous les gardes du Russe cette nuit, et si y'en a un qui te reconnaît, ils vont te tirer à vue.

Vieux Switch fit une petite grimace. Le plongeur accroché à sa palme devait à cette heure-ci manger la purée avec une paille. Mais pas plus. Quand il ferait sa déposition à Pétrinov, Estroublanc et Simoni, tout le monde saurait aussitôt qui étaient les responsables des incidents. Et sans doute le savaient-ils déjà...

Le Marseillais intervint :

— Switch, pourquoi tu veux le voir, ce Simoni ? C'est une bordillasse comme les autres !

— Pas sûr. Et il peut peut-être m'aider.

— Arrête ! C'est un chien des quais, un branlot qui a jamais rien fait de ses dix doigts à part serrer des louches

1. Voir *L'Ile aux Femmes*.

pendant les campagnes électorales ! Tout ce qu'il veut, c'est arriver au pouvoir. Et toi, tu lui bouches le paysage, tu lui pollues l'ambition...

— Le Marseillais a raison, confirma Eddy. Il pue, ce mec. C'est une anguille.

— Tu vois ? Même Eddy, il te déconseille le voyage. Et dis-toi bien que Simoni, même s'il est né à Saint-Antoine, c'est rien qu'un politique ...

Eddy se redressa sur son pliant, l'air un peu plus grave cette fois :

— Il est de Saint-Antoine ?

— Oui, et alors ?

— Alors, ça change tout.

Un Marseillais de souche, même pourri jusqu'à l'os par son ambition politique, ça restait un Marseillais.

Avant tout...

DIX-SEPTIEME MAURESQUE

Ce soir-là, l'Olympique de Marseille recevait le Paris Saint-Germain au stade Vélodrome. Vieux Switch avait réussi à joindre Simoni sur son portable. Rendez-vous fixé à vingt et une heures dans la tribune des Yankees.

Le premier adjoint avait hésité. Quelques secondes. Puis il avait accepté. Il n'était pas du genre à se dégonfler. Et à Marseille, plus d'une affaire se traitait au Vélodrome. Dans les tribunes populaires, les différends se réglaient le plus souvent à l'amiable. On y négociait les cartons tombés des camions. On s'échangeait des plans, et des plants pour les plus jeunes. Dans la tribune centrale, au-dessus des Jean Bouin, les salons du Chevalier Roze s'emplissaient à chaque rencontre de politiciens et d'industriels encravatés, français ou étrangers. Avant que le Front national, ancienne ou nouvelle mouture, mette son nez à la fenêtre de Marseille, c'était là que, pendant des années, le sort de la ville s'était scellé. Entre les verres de pastis, le rosé de Bandol et un doigt de champagne pour les dames.

Aujourd'hui...

À chaque pas, sur un boulevard Michelet grouillant de monde, Vieux Switch sentait une jouissance intense lui monter dans les tripes. Par tradition, tous les matchs contre Paris réveillaient la passion aux quatre coins de la Provence. On en parlait au moins quatre semaines à l'avance. Avec son vieux complexe sudiste, la population marseillaise prenait chaque rencontre comme un duel, presque une provocation de voir des Parisiens oser descendre en dessous d'Avignon. Durant cette période, toute la ville était soudée contre l'oppresseur, le dictateur, celui qui décidait de tout à des centaines de kilomètres d'ici. Sans doute une histoire d'inconscient collectif. Quelque part dans ses tripes, le peuple de Marseille se souvenait de Vauban, celui qui avait fait construire les forts à l'embouchure du port. Entre les créneaux, il y avait installé toute une batterie de canons en fonte. Mais, plutôt que de les pointer vers la mer pour protéger la ville, il les avait tournés vers Marseille, vers son peuple.

Ça ne s'oubliait pas.

Vieux Switch escalada les marches de la tribune dans une cohue aussi indescriptible que bon enfant. Le stade était bourré à craquer. Soixante mille personnes hurlaient des chants guerriers, le visage maquillé en bleu et blanc. Solitaire par nature, ça faisait quelques années qu'il n'était pas venu au Vélodrome. Il sentit les larmes lui mouiller les yeux lorsque les joueurs pénétrèrent sur la pelouse sous les ovations des spectateurs. Lorsque Zidane apparut à son tour, l'ovation fut plus violente qu'une tempête en furie s'abattant sur la Pointe Rouge. Zizou, l'enfant du pays, avait enfin quitté la Juve. Tout allait pour le mieux, même si on commençait déjà à murmurer qu'il était prêt à abandonner l'OM si le Front national s'emparait de la mairie aux prochaines municipales...

— Oh, mon collègue ! T'es rentré sans problème avec ma carte ?

À force de hurler, la voix de Kiki-la-feuille était plus sèche et râpeuse qu'un morceau d'amadou. Echarpe ficelée autour du crane, torse nu et en sueur malgré le froid de la nuit, requinqué au pastis juste à la bonne hauteur, il resplendissait. Il ne ratait jamais un match, sous n'importe quel prétexte. Comme pour beaucoup de Marseillais, l'OM était tout à la fois une bouée de sauvetage, une amante de passion, une sœur à défendre, une mère à aimer.

— Ça va, répondit Switch. Merci pour la place !

Avec un bon clin d'œil, Kiki-la-feuille lui désigna le Vélodrome d'un large mouvement des deux bras. Il souriait aux anges. Il y avait devant lui quatre-vingt-dix minutes de pur bonheur à venir. Et pour peu que l'OM gagne, il passerait plus de quinze jours à revivre le match, à chaque minute de la journée et de la nuit. Il sucerait cette rencontre comme un bâton de réglisse, jusqu'à la dernière goutte de saveur.

À vingt heures trente précises, le match commença. Dans la tribune des Ultras, il n'y avait pas de fauteuil et tout le monde vibrait de plain-pied, à l'unisson. Les femmes, de plus en plus nombreuses, hurlaient encore plus fort que les hommes. Elles savaient tout du petit pont, du passement de jambes ou du coup du sombrero. Dès que Zidane faisait une reprise de volée ou une bicyclette, certaines défaillaient. Les stars de la pelouse avaient remplacé les chansonniers de l'Alcazar et les ténors légers de l'Opéra de Marseille.

Quelques-unes de ces femmes étaient brûlantes, avec des bouches rouge vif, les seins nus gonflés sous le maillot à l'étoile. Mais au Vélodrome, c'était inutile d'y aller pour séduire. C'était pire qu'une église. Dans les tribunes, les corps ne comptaient pas.

Seule la prière existait, pleine et universelle.

— Je suis là ! hurla soudain Simoni à l'oreille de Vieux Switch. Qu'est-ce que vous voulez ?

Vieux Switch indiqua le cadran de sa montre. Il était vingt une heures dix. La mi-temps approchait. Il valait mieux attendre le coup de sifflet pour pouvoir discuter plus tranquillement.

Simoni acquiesça du menton.

Le premier adjoint avait emmené Lechart avec lui, sa grande asperge de poisson pilote. Avec son trois-pièces à pellicules, sa raie de garçon coiffeur et sa limace en satin, il faisait plutôt tâche dans le paysage. Les épaules rentrées et les yeux fuyants, il avait la grande trouille. Habitué aux couloirs moquettés du Parlement, Lechart n'avait jamais mis les pieds dans un stade, sinon pour couper un ruban, et il ne s'intéressait pas au football. Cependant, pour faire plus populaire, il avait osé entourer son cou d'une écharpe aux couleurs de l'OM. Pour les politiques, tout était bon. Pas de pudeur. Et, depuis le Mondial de 98, il n'était pas le premier à faire le coup...

À la mi-temps, lorsque la lourde vague des cris des supporters se calma, Vieux Switch entama la discussion. Il fut clair, court, précis :

— Simoni, je ne vous aime pas. Mais j'ai besoin de vous.

— Tiens, donc... Et pourquoi ? Pour couvrir vos meurtres de la nuit dernière ?

— Ça, je m'en fous.

— Pardon ?

— Complètement. Ils l'avaient cherché.

Le premier adjoint frappa dans ses mains en signe de stupéfaction :

— Mais vous êtes complètement fou !

— Il paraît. Mais j'ai besoin de vous pour arrêter toutes ces conneries sur le Vieux Port. Ou plutôt, c'est Marseille qui a besoin de vous.

— Vous avez tué des membres de la garde personnelle du général Pétrinov et vous comptez vous en tirer comme ça ?

— Arrêtez vos conneries. Pétrinov est un mafieux. Ses

gardes sont des hommes de main. Et vous trempez dans cette magouille jusqu'à la gueule.

— Mais je vous interdis de...

Vieux Switch le poussa à l'épaule du plat de la main :

— À moi, tu m'interdis rien... Estroublanc a vendu le Vieux Port à un caïd de Russie, et ça m'étonnerait que ce soit dans le cadre d'échanges linguistiques. Cette crevure a fait ça contre du fric pour financer sa campagne municipale. Et toi ? Qu'est-ce que tu gagnes, là-dedans ?

— Mais rien !

— Si tu gagnes rien, t'es vraiment le roi des cons. Et si tu gagnes quelque chose sur le dos de Marseille, tu es encore moins que ça. C'est Marseille qui t'a fait. Et tu lui craches à la gueule. J'ai déjà connu des pourris et des crevures. Mais un de Saint-Antoine qui renie sa ville, c'est sale. Ça a pas de nom...

Simoni baissa la tête. Vieux Switch avait frappé juste. Au seul endroit où il restait encore un peu de générosité dans l'homme : son quartier. Sans quitter les yeux du sol, celui-ci balbutia encore :

— Je peux rien faire. Estroublanc me tient...

— Tu es une merde.

À cet instant, Lechart voulut intervenir. Vieux Switch le saisit par l'écharpe et lui assena un coup de tête qui lui transforma la bouche en comptoir à charcuterie. Fallait croire qu'il avait la tête à ça.

Vieux Switch enjamba le corps et quitta le stade. La grosse colère était vraiment en train de lui monter féroce. Il était chaud bouillant.

Et ça n'était pas que des mots.

DIX-HUITIEME MAURESQUE

En cette matinée de fin mars, un soleil pur inondait la grande esplanade de la Castellane. Assis sur un banc de béton, Vieux Switch, Eddy et le Marseillais regardaient sans les voir une bande de minots taper dans le ballon. De temps à autre, une cousine passait devant eux, soit de retour de courses, soit pour aller suivre des cours à la Faculté. Les mélanges donnaient des résultats stupéfiants, étonnants de grâce et de féminité.

Les roquets du Front national avaient hurlé, à l'époque, que si l'Algérie ne restait pas française, c'est la France qui deviendrait algérienne. Les enfants des deux pays avaient fusionné et ça faisait chaud à voir.

Eddy alluma une cigarette. Il était nerveux. La campagne pour les municipales débutait le lendemain. Tous ses indics lui avaient annoncé une grande parade du Front national sur la Canebière, le dimanche suivant. Il y aurait non seulement les fascistes de l'hexagone, mais aussi tous les crânes rasés de la vieille Europe en mal de sensations. Même vue de haut, depuis la Castellane, ce défilé vert-de-gris allait puer le soufre. Dans une ville sans gauche ni droite, dirigée par des élus qui magouillaient féroce avec des Cosaques calibrés jusqu'à l'extrême, le verdict des urnes n'était pas sorcier à deviner.

Eddy cracha par terre, puis :

— Écoute, Switch, t'y es pour rien. Simoni est un

enfoiré qui en a rien à secouer de Marseille. À quoi tu t'attendais ? Qu'il te donne raison et qu'il retourne sa veste une fois de plus ? Il est maqué jusqu'à la garde par Estroublanc, il bougera pas une oreille.

— Il a raison ! confirma le Marseillais. À force de courir après le pouvoir, c'est même plus de la sauce blanche qu'il a entre les oreilles, c'est du Viandox ! Pour l'instant, mon bar, il est perdu et c'est pas demain que je vais y monter, à Notre-Dame, même à genoux !

Pendant quelques secondes, on n'entendit plus que les cris des minots et les claquements du cuir sur le bitume. La situation était plus foncée qu'un crachat de mineur de fond grabataire, après une cure de Zan. Marseille se retrouvait dans une sale passe et cette manifestation d'apprentis nazis n'annonçait rien de bon. Loin de là.

Eddy jeta sa cigarette, l'écrasa du talon sur un coup de nerfs, croisa ses bras sur la poitrine et conclut gravement :

— On va y aller. Tous. Ceux de la Castellane mais aussi ceux des autres cités. On va organiser une contre-manifestation pour dimanche prochain. Sans violence. Pour réveiller Marseille. Il faut qu'on soit cent mille sur la Canebière et sur le Vieux Port. Cent mille...

Le Marseillais eut un regard inquiet :

— Cent mille Marseillais descendus des quartiers pour emmerder le Front, ça risque de faire désordre...

Eddy eut un petit sourire de confiance :

— Qu'est-ce tu veux qu'ils mouftent, les fachos ? À un contre cent, les verts-de-gris ils risquent pas de faire les *mias*[1] !

— C'est pas eux qui me font peur... C'est tes collègues ! Si ça dérape, l'Europe nazie, elle va vite ressembler à du mou pour chats !

1. Grande gueule marseillaise.

— T'inquiète... Même pendant la guerre du Golfe, y'a jamais eu une seule émeute dans les quartiers de Marseille. Pas une seule ! Maintenant, il faudrait pas qu'ils nous refassent le coup de la coupe du monde : brûler des drapeaux tunisiens devant les caméras de télévision, ça se fait pas. Là, oui : tous les quartiers ont pété un plomb et sont descendus. Une seule vague, sur le Vieux Port. Même les CRS sont restés planqués dans leurs cars !

Vieux Switch savait qu'Eddy était un rêveur. Les Marseillais, même les plus durs d'entre eux, ne descendraient pas sur le Vieux Port, pas plus que sur la Canebière.

Dans les cités, il y avait ceux qui se foutaient complet que Marseille passe à l'extrême droite. Ceux-là étaient soit des anciens d'Algérie, soit des gens fatigués de sermonner les minots dans les halls taggués des immeubles. À force de faire des conneries et de dégrader les blocs, ces gamins de la deuxième et troisième génération donnaient le bâton pour se faire battre. A mots couverts, ils avouaient que ce serait bien fait pour eux si le Front venait faire un peu de ménage...

Il y avait aussi les clandestins. Le coup de la régularisation des sans papiers, on le leur avait déjà fait une fois. Ceux qui avaient rempli leur demande en bonne et due forme avaient tous été fichés. Certains avaient été renvoyés dans leur pays d'origine. Aucune chance pour que les plus malins prennent le risque de se montrer au grand jour sur la Canebière.

Enfin, il y avait la majorité silencieuse, celle qui était déjà bouffée par le crabe à la chemise brune. Pour eux, l'emprise du Front national tirait plus de la fatalité en marche que de l'état de siège ou de l'insurrection. Avec le petit Estroublanc et son nouveau parti bien propre à l'extérieur, pourquoi ne pas essayer, après tout ? Débarrassé de ses caricatures fascistes tatouées jusque sous les pieds, le Nouveau Mouvement du nouveau front national se disait patriote, démocrate, libéral. Sans aller jusqu'au plébiscite, on pouvait peut-être lui laisser sa chance. Ou, en tout cas, ne pas descendre dans la rue et laisser les urnes accoucher de ce qu'elles décideraient.

Pour réveiller Marseille, il ne fallait pas compter sur eux. Tout au plus, quelques nostalgiques de soixante-huit, des militants de base des syndicats et des représentants d'associations feraient l'effort.

Vieux Switch se disait avec un rien d'amertume qu'il faudrait quelque chose comme un miracle pour que Phocée ne tourne pas fasciste.

Et un fameux, encore...

DIX-NEUVIEME MAURESQUE

Vers les sept heures du matin, Vieux Switch fut réveillé en sursaut par un vacarme extraordinaire. Ça ressemblait à des tirs de mine ou de mortiers, surpuissants et anarchiques. Des détonations lourdes, qui vous faisaient trembler de l'intérieur à chaque impact. Tous muscles tendus, il sauta du lit. Accompagné de Bernie, suivi bientôt par le Marseillais, il se précipita sur le balcon. Eddy, une cigarette fichée entre les lèvres, les accueillit avec un petit sourire. Dehors, le ciel virait au violet dans le mistral froid du petit jour.

Le calbut froissé et les yeux en pines d'huîtres, le Marseillais s'appuya contre le mur, le souffle coupé par la surprise. Avec un brin de trouille dans la voix, il demanda :

— Eddy ? Qu'est-ce c'est que j'ai entendu ? Y'a des météorites qui tombent sur la Castellane, ou quoi ?

À cet instant, les bruits de chute recommencèrent. Lourds, d'intensité plus ou moins forte, ils se succédaient sans rythme et faisaient jaillir jusqu'au dernier étage des vacarmes de verre brisé et de tôle emboutie. Eddy cracha par-dessus la rambarde. Avant de rentrer dans le salon, il murmura avec une petite mimique à l'adresse du Marseillais :

— Je sais pas ce que vous leur avez fait, aux Cosaques. Mais là, ils sont colère...

Interloqués, les trois hommes se penchèrent aussitôt par-dessus la main courante.

— Dis, Switch... T'as vu ce qu'il pleut ? Tu parles d'un microclimat !

En bas, cinq cars bourrés de CRS s'étaient garés devant l'immeuble. Sans aucun doute des bleus, des novices. Ils étaient venus alpaguer Vieux Switch. Mais ils n'avaient même pas eu le temps d'ouvrir les portes de leurs fourgons. Ceux de l'immeuble avaient aussitôt jeté par les fenêtres tout un chapelet d'objets lourds et hors service, prévus à cet effet semblait-il. Machines à laver, postes de télévision, parpaings, boules de pétanque, haltères, vélos d'appartement, sans compter quelques bidets, trônes et autres baignoires dont les éclats jonchaient maintenant le bitume.

Dans la lumière moqueuse du petit matin, le cortège des cars repartit à vitesse grand V. Ils avaient tenu près d'une minute quarante entre les murs de la Castellane.

Presque un record.

Vieux Switch se servit un bol de thé vert, très sucré, sous le regard d'un Eddy plus perplexe que jamais. Envoyer des CRS à la cité, ça tirait plus de la provocation que de la demande en mariage. Presque une déclaration de guerre, signée par le préfet Estroublanc. L'idéal pour mettre le feu aux quartiers nord, à quelques semaines des élections.

Alors que le silence reprenait ses droits et que le Marseillais en pétard s'attaquait déjà au réfrigérateur, le portable de Vieux Switch se mit à sonner.

Celui-ci décrocha, agacé :

— Switch, j'écoute.

— John Léopold Switch ? C'est Simoni. Il faut que je vous voie, vite.

— Pourquoi ?

— Estroublanc va essayer de vous serrer ce matin, chez votre ami Eddy.

Il eut un sourire de loup :

— Merci du renseignement. Rien d'autre ?

— C'est compliqué. C'est à propos de Blandine...

— Votre secrétaire ?

— Oui...

— Et alors ?

— Pétrinov l'a fait enlever cette nuit.

Vieux Switch grimaça. Il l'aimait bien, cette gamine. Et si le Russe l'avait kidnappée, c'était à coup sûr pour lui réserver une place de choix dans son harem flottant.

Sale histoire...

— Switch, vous êtes toujours là ?

— Oui.

— Alors ?

— Démerdez-vous.

— Quoi ?

— J'ai dit : démerdez-vous. Votre secrétaire est mignonne, mais je ne peux rien pour elle.

Un silence froid s'installa. Puis Simoni lâcha d'une voix blanche :

— Blandine... C'est pas ma secrétaire. C'est ma fille...

Cette fois, c'est Vieux Switch qui resta sans voix. Le premier adjoint de la ville se faisait estourbir sa fille par un mafieux russe. Le Vieux Port appartenait à ce même Cosaque. Le Marseillais avait perdu son bar. Il fallait maintenant se débarrasser des CRS à grands coups de bombardements matutinaux. Enfin, comble de tout, Estroublanc était sur le point d'organiser une manifestation fasciste sur la Canebière...

Et personne ne disait rien.

Marseille partait vraiment en biberine les pieds en

avant et les doigts de pieds en éventail. Pour Vieux Switch, ça commençait vraiment à faire un peu beaucoup.

Tu touches pas à Marseille.

VINGTIEME MAURESQUE

À neuf heures piles, Vieux Switch gara sa voiture près de la voie ferrée de la calanque de Niolon. Il aimait bien cet endroit. Il avait pris l'habitude d'aller s'y balader, les jours de doutes. À une vingtaine de kilomètres de Marseille, le lieu-dit de Niolon était fiché au plus profond d'une calanque blanche. Décoiffé par le mistral, battu par les vagues de l'hiver, cet endroit offrait un visage torturé, marqueté par la vérole éblouissante du calcaire mis à nu. On y descendait par une route unique, étroite, vertigineuse, qui ne vous laissait souffler qu'une fois la minuscule gare passée.

Il alla se poster sur le petit port et alluma une cigarette. De l'autre côté du bras de mer, la statue en or de Notre-Dame de la Garde étincelait dans le soleil. C'était beau. Marseille s'apparentait à une femme coquette et monumentale, une gouape rieuse ou tragique, mais toujours séduisante.

Comme à son habitude, Simoni arriva dans son dos. Pas rasé depuis deux jours, plus piquant qu'une famille d'oursins nourris aux anabolisants, le premier adjoint avait laissé sa figure de politique au rancart. On aurait presque eu de la peine en le découvrant dans son costume fripé, avec son visage gris de fatigue. Il tendit sa main pour saluer.

Il fut le seul.

— Qu'est-ce que vous voulez ? attaqua Vieux Switch, sans cesser de regarder la mer.

Simoni baissa les yeux. Un vrai minot.

— Je sais pas comment vous expliquer ça...

— Lancez-vous. Ça vous changera de parler franc, pour une fois...

Le politique s'assit sur le parapet et prit sa tête entre ses mains. Un tanker ventru croisait à deux cents mètres au large. Malgré sa masse, il semblait moins lourd et moins pesant que l'homme.

Simoni attaqua d'une voix faible :

— Tout est allé très vite. Estroublanc a mené son enquête sur l'altercation du Manhattan. Il a appris que vous étiez avec Blandine. Pour faire plaisir à Pétrinov, il est allé lui faire son rapport.

— Ça vous étonne ?

— Pétrinov a alors convoqué Blandine sur son bateau. C'est une gamine. Il s'est vite rendu compte qu'elle avait un faible pour vous. C'est pour ça qu'il a décidé de la retenir sur *Le Baklava.*

— Je saisis pas...

— C'est simple : Blandine est ma fille. C'est une otage de choix. Pétrinov se doute que je vais tout faire pour la délivrer. Même prendre contact avec vous. Si vous acceptez de m'aider, vous vous découvrez. Vous devenez vulnérable en sortant des quartiers. Et moi, je me mets hors la loi. Conclusion : il me tient encore un peu plus, et il a une occasion de vous faire payer la mort de ses plongeurs.

Au large, le tanker poussa un long cri rauque. Dans ces circonstances, il valait mieux quitter Marseille pour aller mouiller quelque part du côté des îles. Là-bas, les gens avaient encore de la fierté.

— Et si je n'interviens pas ? interrogea Vieux Switch.

— Blandine devient une pute de plus dans le harem de

Pétrinov. À moins que je trouve une solution pour parvenir à le buter.

Vieux Switch ricana :

— Et qui va vous aider ? Votre poisson pilote ? Il n'a jamais tenu un pistolet. Sauf peut-être pour faire le starter dans une course de bienfaisance. Je vous l'ai dit, au Vélodrome : vous êtes seul, vous êtes une merde...

Simoni esquissa enfin une réaction digne d'un homme. Il releva la tête et se mit à gronder :

— Écoute, Switch ! Je te jure que si tu...

— Tais-toi ! Moi, je peux te tutoyer ! Pas toi. Après ce que t'as fait, t'as aucun droit...

Comme le premier adjoint allait riposter, Vieux Switch lui saisit la nuque à pleines mains et l'attira vers lui. À voix très basse cette fois, il murmura :

— Tu t'es trompé, Simoni. Il n'y a pas que ces deux possibilités. Il y en a une troisième...

— Quoi ?

— Et celle-là, je suis sûr que tu l'avais pas prévue.

— C'est laquelle ?

— Demain, on risque de nous retrouver tous les deux dans une calanque en train de servir de repas aux poissons.

— Mais pourquoi ?

— Parce qu'avec ta Safrane de ministre en goguette, on peut pas vraiment dire que tu joues la discrétion...

Et il indiqua d'un mouvement de tête un grand corbillard à macaron bleu blanc rouge garé sur le port. Près de lui, cinq gardes de Pétrinov venaient de gicler d'un 4x4, pistolets-mitrailleurs à la main.

La situation, cette fois, était claire jusqu'à la transparence. Derrière Vieux Switch et Simoni, la mer. De chaque côté, la calanque en à-pic de pierres nues. Devant eux, les cinq tueurs.

Parmi eux, se trouvait l'un des hommes explosés quelques jours auparavant en terrasse du Manhattan. Et c'était vraiment lui qui avait l'air le plus en rogne.

Étonnant, non ?

VINGT ET UNIEME MAURESQUE

Trois minutes plus tard, Vieux Switch et Simoni étaient embarqués sans ménagement dans le Cherokee des gardes russes. Celui qui avait reçu la chaise en fer forgé devant le Manhattan bichait de toutes ses forces avec sa seule dent encore intacte, accrochée à la gencive supérieure. À ses yeux de goret injectés de mauvaise colère, on comprenait aussitôt qu'il s'en tapait profondément le coquillard de son apparence physique. Mais de se retrouver à presque trente ans avec une seule dent valide, la truffe en boudin de porc et le nez en ris de veau, ça avait quand même de quoi énerver un brin. Et le porte-flingue l'était suffisamment pour enfoncer le canon de son PM entre les côtes de Vieux Switch jusqu'à lui couper le souffle.

Surtout lorsque le 4×4 emprunta soudain un chemin forestier réservé aux véhicules de pompiers. À chaque nid-de-poule, le canon de fer se frayait un chemin aussi douloureux que contre nature. Mais ça n'était pas cette mignardise militaire, cette mise en bouche d'assassinat, qui dérangeait le plus Vieux Switch à cet instant précis. Des crises d'angoisse régulières avaient en effet surentraîné ses muscles intercostaux plus que de raison. La douleur restait supportable.

En revanche, le trajet emprunté par le conducteur les dirigeait droit vers une calanque abandonnée. Il l'avait découverte l'été d'avant en compagnie de Babeth, une nudiste de marbre et de braise qui lui avait offert une gorge profonde d'une intensité rare. Une prouesse qui aurait dû être homologuée par les observateurs du Guinness. Mais Vieux Switch était un pudique. Et seuls les poissons de roches avaient profité de ce spectacle champêtre.

Mais les poissons de roches, c'était aussi connu pour bouffer tout et n'importe quoi. Et Vieux Switch espérait qu'en cet instant précis, ils n'étaient pas morts de faim. En tout cas, pas jusqu'à aller se taper du premier adjoint ni de l'aventurier rebelle refroidis au PM.

En bon politique qui se respecte, Simoni essaya alors d'entamer le dialogue. Anglais, français, allemand, italien, quelques mots de portugais et trois bribes de suédois eurent à peu près autant d'effet sur les trois hommes qu'une édition originale des *Fleurs du Mal* sur le cerveau gauche d'une princesse héritière. Ces Russes-là ne parlaient que le russe. Et encore, il était difficile d'en être absolument sûr puisque aucun de ces pitbulls n'avaient encore ouvert la bouche depuis le petit port de la calanque de Niolon.

En désespoir de cause, Simoni tira de sa poche intérieure une liasse de billets de cinq cents. En tout, il pouvait y avoir près de vingt mille francs. Son garde, près de la fenêtre, enfourna les billets dans son treillis avec un sourire. Puis il catapulta la crosse de son arme sur la bouche du premier adjoint. Le sang se mit à couler presque aussitôt.

Avant qu'une pression plus forte du PM ne lui fêle une côte, Vieux Switch glissa :

— De toute façon, ils t'auraient plumé comme un bébé. Ne te fais pas d'illusions : c'est la fin, Simoni...

Dans un dérapage de nouveau riche qui vient garer sa BMW dernier modèle devant ses voisins, le 4x4 s'immobilisa. Bien encadrés par quatre gardes – le dernier restant au volant –, Vieux Switch et Simoni firent une trentaine de mètres dans la caillasse. Face à eux, un remblai naturel plongeait dans la mer, près de cinquante mètres plus bas. Aucun Bernie, pas la plus petite trace d'un Marseillais furibard pour se la jouer *deus ex machina.*

Il allait falloir agir, vite.

Parvenus à trois ou quatre mètres du précipice, c'est Simoni qui attaqua le premier. Et de ça, Vieux Switch fut plus surpris qu'un New-Yorkais découvrant avec émoi qu'il existe une trace de vie intelligente en dehors de la pomme pourrie. D'un mouvement ample et puissant, le premier adjoint fit voler en éclats la glotte de son garde de gauche. Avant que celui de droite ne puisse armer son PM gros calibre, il opéra une brusque rotation, alpagua l'homme au col et lui fit subir une planchette japonaise de premier choix, garantie sans nitrate et en pur bambou galvanisé de longue date. Si le troisième et le quatrième gardes ne s'étaient pas retrouvés soudain crâne contre crâne, grâce à l'intervention stalonienne de Vieux Switch, tout le monde aurait pu entendre son hurlement russe cisailler le mistral avant d'être remplacé par un bruit plus bref et plus mou.

Plus définitif, aussi.

À cet instant, le timbre désagréable du cran d'arrêt que l'on débloque les fit sursauter. Le dernier Russe venait de jaillir de son véhicule et avait opéré un roulé-boulé spécial commando de la dernière chance. Peu habitué à réfléchir, et encore moins à prendre des initiatives, il appuya immédiatement sur la gâchette. Une rafale brûlante, propre à vous découper le lard en strates plus ou moins régulières, claqua dans la petite calanque. Simoni eut juste le temps de pousser Vieux Switch vers le sol. En paiement comptant et sans pourboire pour cet acte d'héroïsme, il reçut l'une des bastos dans le ventre. Avant que le garde ne remette le couvert, Vieux Switch tira son cran de sa poche, l'ouvrit d'un coup de pouce et l'expédia de toutes ses forces droit devant lui.

Jamais de sa vie, il n'avait autant espéré atteindre sa cible. Le schlass siffla comme une fuite de gaz dans un nid de crotales asthmatiques et pénétra proprement l'homme par l'une de ses cavités oculaires. Ça devait faire une douleur horrible. En tout cas, ça lui fit lâcher son flingue et entraîna sa chute sur le sol. Et, très vraisemblablement aussi, son décès quasi immédiat.

Vieux Switch ne s'apitoya pas sur son sort. Il existe des agonies bien plus longues et bien plus terribles. Tous les animaux de laboratoires vous le diront.

Ce n'était pas de la sécheresse d'âme, non. Plutôt l'urgence du sang qui pissait à gros bouillons du ventre de Simoni. Et plus encore, au fait que c'était à lui qu'il devait la vie sauve.

Pas facile à avaler, pour un rebelle qui n'avait jamais rien dû à personne.

Tout juste sa vie, a sa mère.

Et encore...

VINGT-DEUXIEME MAURESQUE

De retour à l'appartement d'Eddy, Vieux Switch avait eu toutes les peines du monde à faire accepter Simoni par le Marseillais. Dès qu'il avait reconnu le premier adjoint, il s'était mis à brailler comme un putois enfermé par mégarde chez un parfumeur parisien :

— Oh, jobastre ! Oh, vérole ! Oh, fondu ! Tu nous ramènes la mort à la maison, maintenant ? Mais tu vois pas que c'est Simoni ?

— Il est blessé, avait répondu Vieux Switch.

— Et alors ? Blessé ou non, c'est quand même un vampire de scrutin, une raclure d'urnes, un mendiant de voix ! Merde, Switch ! Tu sais bien que les politiques, c'est encore pire que des anguilles. Dès qu'il pourra marcher, il va te glisser entre les doigts et te balancer aussi sec chez les condés !

— Il n'a peut-être pas tort... renchérit Eddy.

Vieux Switch aida Simoni à s'installer sur le canapé. Puis il se redressa et fit face aux deux hommes. Derrière eux, Bernie observait la scène en silence.

— Eddy, si tu es d'accord, Simoni va rester ici pendant quelques jours. Juste le temps qu'il se refasse.

— C'est toi qui vois...

— Et toi, Marseillais, tu lui fous la paix. Si je suis encore en vie, c'est grâce à lui.

— Et alors ? C'est pas une raison ! Une fois que j'avais trop picolé, une femme m'a sauvé la vie, elle aussi : elle m'a empêché de me jeter dans le Vieux Port avec des pierres dans les poches. Et c'est pas pour ça que je l'ai ramenée à la maison !

— C'est possible. Mais tu le laisses tranquille, c'est bien clair ?

Alors que le Marseillais allait répliquer, Simoni parvint à s'appuyer sur son coude. Sa blessure au ventre n'était pas vraiment méchante. Mais du sang noir pissait par petits hoquets réguliers, au rythme de sa respiration. Il transpirait à grosses gouttes et son visage était plus blanc qu'un linceul d'albinos raidi à l'amidon.

— Je vais vous laisser, ne vous inquiétez pas... réussit-il à articuler. Je ne veux pas être un poids pour vous. Je savais que ça n'était pas une bonne idée de venir ici...

Le Marseillais le désigna aussitôt du doigt et se remit à hurler :

— Tu vois ? Je te l'avais dit ! Il est presque à l'article de la mort et déjà il commence !

— Il commence quoi ?

— Mais ses entourloupes ! Ses coups de politique ! Voilà ce qu'il commence ! Il veut nous faire pitié, tu le vois pas ? Tout à l'heure, il voudra qu'on pleure comme des madeleines et, à la fin, il faudra que j'aille le border dans son lit ! Putain ! Rien que de l'entendre parler, il me donne chaud à la tête !

Vieux Switch eut un petit sourire. Pendant que le Marseillais partait se calmer sur la terrasse, il déchira la chemise de Simoni et examina la plaie avec attention. La balle avait quand même fait plus de dégâts qu'un pet de lapin nain lâché par inadvertance dans les décombres de Tchernobyl. Hors de question, pourtant, de l'emmener à l'Hôpital Nord. Estroublanc avait certainement prévenu les flics et tendu des ratières dans tous les coins. Comme le sang continuait à s'écouler dans le silence, il fallait faire quelque chose. Très vite.

À cet instant, Bernie sortit de son immobilisme. Il

s'approcha de Simoni et poussa doucement Vieux Switch sur le côté. Avec sa voix rauque, il murmura simplement :

— Laisse...

Il observa la plaie et sortit lentement de la poche arrière de son pantalon un portefeuille de cuir noir. Avec des gestes mesurés, il en tira une aiguille et deux longueurs de fil O chinois. Alors que Simoni allait protester, Bernie saisit une bouteille de rhum blanc posée sur la table basse, l'ouvrit d'un tour de main et cala son goulot entre les dents du premier adjoint. Au bout d'un demi-litre, il interrompit son travail d'anesthésiste VSOP et commença à jouer à la dentellière.

Précis et puissants, ses coups d'aiguilles firent de vrais miracles. La balle avait pénétré dans le gras d'une poignée d'amour et avait eu le bon goût de ressortir sans endommager d'organe vital. En trois minutes, le sang cessa de couler, les trous se refermèrent poliment et Simoni trouva la force de torcher le reste de la bouteille de rhum. A la dernière goulée, il s'affaissa sur le flanc et s'envola vers le pays enchanté où les marchands distribuent avec générosité de pleines pelletées de sable d'or.

Rideau.

Sur le balcon, Vieux Switch résuma aux trois hommes l'épisode de la calanque de Niolon, suivi de la mort prématurée des gardes.

— Ça va chier des bulles et pisser du vinaigre... fut la seule remarque du Marseillais pour résumer la réaction probable de Pétrinov.

Lorsque Vieux Switch ajouta que le général russe tenait Blandine, et que Blandine était la fille de Simoni, le Marseillais s'envoya les mains à la tête :

— Pute vierge... Je te l'avais pas dit que cette rascasse de politique allait nous foutre dans la merde jusqu'aux yeux ?

— Quoi ?

— Non seulement ce con se fait tirer comme un lapin d'argile, mais en plus il se fait escroquer sa petite par un Cosaque des sept mers ! Qu'est-ce tu veux qu'on fasse, maintenant ? A part aller au charbon et récupérer la gamine, on peut rien faire d'autre ! Surtout que cette enclume t'a sauvé la vie...

Vieux Switch lui lança un regard attendri. Le Marseillais, furibard, s'approcha aussitôt de lui, l'index menaçant :

— Et toi, arrête de te foutre de moi !

— J'ai rien dit...

— Ouais... Mais t'as des silences qui me hurlent dans les oreilles pire que la grosse sirène des pompiers ! Rassure-toi : je te vois parfaitement venir, avec ta figure d'un air sur deux airs. Tu te dis que tu m'as encore eu, et que je suis trop bon trop con. Tu te dis que je vais encore jouer le sauveur, que je voulais pas m'en mêler mais que je vais quand même voler au secours de la petite. Et tout le con de Manon et tout le tremblement !

— Mais...

— Y'a pas de mais ! Maintenant, cette comédie, elle a assez duré. Le Cosaque de Russie, on va se le prendre de face ! On va foncer dans le tas et bien leur expliquer qu'ici, on est à Marseille et que les Marseillais, c'est pas *dégun* [1] ! Et si, en plus, on peut sauver la petite...

— Et bien ?

Le Marseillais se passa la main sur le crâne, signe d'une profonde réflexion. Comme le silence continuait à vibrer de manière électrique, il glapit une dernière fois :

— Et bien, on la sauvera ! C'est dommage, mais on la sauvera... Voilà. Et c'est pas pour Simoni qu'on va envoyer les pieds ! C'est pour Marseille ! Et rien de plus !

1. Personne, en argot marseillais.

À cet instant, on entendit les doigts de Bernie craquer dans le silence. Le fantôme de Shang Li[1] tournoyait encore dans sa mémoire, et il ne supportait pas qu'on touche aux gamines, quelles qu'elles soient. D'autre part, il n'avait rien contre les quartiers nord, pas plus que contre la Castellane. Mais il avait simplement envie de rentrer chez lui, au bar de l'Aviation. Et pour peu qu'on lui donne un ou deux cracheurs de dum-dum, quelques grenades offensives et la permission d'appliquer la loi du talion, il n'allait pas tarder à faire chaud sur le Vieux Port.

Même les deux mérous allaient devoir se garer les fesses un peu plus au large.

1. Voir *L'Ile aux Femmes*.

Trois jours plus tard, Vieux Switch se rendit compte avec un rien d'amertume qu'il avait vu juste. Pour contrer le Nouveau Mouvement du nouveau front national, les résistants ne s'étaient retrouvés qu'à une petite centaine sur le pavé de la Castellane pour envahir le Vieux Port.

Sacrée déferlante...

Dans le petit matin gris, Eddy était plus désespéré qu'une star du X, section gorge profonde et fist fucking, égarée par mégarde dans le monde magique et enchanté de Pierrot Lapin.

Personne n'avait accroché.

Il avait eu beau remuer ciel et terre, ses cent mille démocrates ne viendraient pas. Quant aux quelques personnes présentes, elles descendaient en droite ligne de 1968 et fumaient des fagots d'encens dans une odeur fade de patchouli. Quand elles comprirent que la contre-manifestation ne verrait pas le jour, elles repartirent, presque avec soulagement, sucer l'écran lénifiant de leur télévision dominicale.

Face aux bus et autres trains réquisitionnés pour transporter sur Phocée l'élite des nouvelles jeunesses nationalistes d'Europe, il ne restait plus que quatre hommes : Vieux Switch, Bernie, le Marseillais et Eddy.

Grosse affaire.

Lorsque le bus les déposa sur le square Stalingrad,

Vieux Switch eut, pour la première fois de sa vie, la sensation très désagréable que Marseille, sa ville, le trahissait.

De la cathédrale des Réformés bordée de sex-shops sordides jusqu'aux premiers pontons du Vieux Port, les volets des grands immeubles étaient restés fermés. Sans doute pour ne pas voir la misère qui s'écoulait dans la rue. Sur la Canebière, les cortèges néo-nazis commençaient à se former dans un ordre et une discipline irréprochables. Portés par l'enthousiasme collectif, les militants arboraient le visage béat de ceux qui arrivent enfin en terrain conquis. Mais cette fois, ce n'était pas sous le feu nourri des Stukas que Marseille avait baissé les bras.

Elle avait perdu sans combattre et s'était livrée de désespoir, comme une fille de rien.

Marseille, cette femme plantureuse, toujours prête à prodiguer ses câlins aux nécessiteux en manque de patries, offrait aujourd'hui le visage d'une putain désabusée, écœurée d'elle-même. Les petits salauds, nazillons nasillards, pouvaient claquer de la semelle sur son corps et boire de la bière en riant aux éclats. Elle n'avait plus la force de réagir, de se lever et de leur botter le cul.

Brassards aux bras et extraits de naissance politiquement corrects, ces fiertés nationalistes défilaient sur Marseille devenue, l'espace d'une journée, la bouche d'égout de toute une Europe désenchantée.

Dans les flonflons lourds et les vapeurs grasses des chichis, Vieux Switch, Bernie, le Marseillais et Eddy descendirent la Canebière. Sur les façades, les slogans placardés ne devaient rien au génie des directeurs de propagande. Ils reprenaient simplement ceux qui avaient déjà défiguré l'Histoire. Les vieilles ficelles étaient solides. La peur de l'autre, de l'étrange étranger, fonctionnait toujours à merveille.

Déjà, en 1888, Boulanger prônait la préférence nationale. Encore une sale période où il fallait bien trouver des responsables au chômage endémique. Il n'y avait pas encore d'Arabes. Le bon peuple de France s'en était pris aux Italiens. Aux cris de *La France aux Français !*, cinq cent mille Ritals avaient été jetés hors des frontières. Et aujourd'hui, certains des arrière-petits-enfants de ces *Babis* [1], toute mémoire éteinte, soutenaient peut-être cette grande parade fasciste.

Dans une débauche infecte de fanions bleus, blancs et rouges, les affiches officielles se multipliaient pour asséner la bonne parole. Sous la gueule navrante d'Estroublanc, les petites phrases, franchouillardes jusqu'à l'incontinence, polluaient l'espace.

La France, aimez-la ou quittez-la !

3 millions d'étrangers =
3 millions de Français au chômage !

Mains propres, tête haute !

Ne vendez plus la France aux Juifs d'Europe !

1 étranger expulsé = 1 travail pour un Français !

L'Histoire radotait sévère...

Quand le défilé débuta, Vieux Switch faillit vomir de honte. Rien à voir avec les grandes manifestations populaires de 1936 ou 1968. Ici, les jeunes têtes blondes aux grands yeux bleus arpentaient la Canebière en rangs d'oignons, au pas, le sourire éclatant, les yeux vides, le cerveau bien peigné. Dans le rythme martial, ils étaient soigneusement encadrés par le service d'ordre du Parti :

1. Surnom péjoratif donné aux immigrés italiens au siècle dernier.

des porte-flingues, rompus aux exercices commandos les plus durs. Lunettes sans tain bien scotchées sur la truffe et chiens policiers dressés pour tuer, ils séparaient le cortège d'une foule dense de spectateurs enthousiastes.

Derrière les barrières, ceux-ci étaient souvent des anciens de l'Algérie, de ceux qui avaient bâti leurs vies et leurs fantasmes sur l'extermination du fellaga. Ou bien de ceux qui avaient tout perdu lors des événements. Sans oublier un ramassis de crétins décérébrés, maniaco-dépressifs, pour qui le monde se résumait à quatre couleurs qu'il ne fallait jamais, au grand jamais, mélanger. Dans une haine primaire, ils crachaient tout à la fois sur les troncs de figuiers, les Noirs, les chevelus, les artistes, les francs-maçons, les rouquins, les intellectuels, les Gitans, les putes, les chômeurs ou les libertaires de tous poils.

— Et maintenant qu'on est là, qu'est-ce tu comptes faire ?

Les mains au plus profond des poches, une casquette à larges bords vissée sur son crâne, empaqueté dans un grand pardessus sans couleur bien définie, le Marseillais était encore plus abattu qu'un séquoia livré sans retenue à une horde de castors canadiens au sortir de l'hiver. Ce spectacle des jeunesses néo-nazies européennes polluant la Canebière lui brouillait l'âme. Il était à deux doigts de verser des larmes de rage.

Sous une porte cochère, Vieux Switch leur expliqua en quelques mots :

— Marseillais, tu vas m'attendre ici avec Eddy. Pas de vague. Et surtout, évitez de vous pointer du côté du bar de l'Aviation. Ça risquerait de faire désordre.

— Et toi ? Qu'est-ce tu vas faire ?

— Je vais avec Bernie jeter un œil sur *Le Baklava*.

Le Marseillais s'envoya aussitôt les mains à la tête et s'exclama :

— Mais t'es fondu en plein, ou quoi ? Aller sur le bateau du Cosaque, un jour comme aujourd'hui, avec tout le service armé d'Estroublanc qui patrouille ? Tu t'es passé le cerveau au micro-ondes, c'est pas possible autrement...

Vieux Switch alluma une blonde et poursuivit, imperturbable :

— Pétrinov doit parader quelque part en ville avec Estroublanc et tous les pingouins de la mairie. Il a dû prendre avec lui une bonne partie de sa garde personnelle, juste histoire de faire bien dans le paysage des politiques. Sur *Le Baklava*, ça doit être le service minimum. Avec un peu de chance, on devrait pouvoir entrer en contact avec Blandine et en apprendre un peu plus ...

— Et comment tu vas y entrer, dans cette barquasse des Balkans ? ricana le Marseillais.

— Je sais pas encore.

— Et si t'arrives à monter sur le bateau, qu'est-ce qui te dit qu'un des gardes va pas te reconnaître et t'assaisonner grave ?

— On verra...

— C'est ça ! On verra ! Et si ton plan moisi se met à foirer, c'est toi qu'on verra plus !

— Possible...

Avant de tourner les talons et de fendre le cortège en compagnie de Bernie, direction *Le Baklava*, Vieux Switch eut un dernier mot pour le Marseillais :

— T'inquiète pas. Et surtout, ne fais pas le con, attends-nous ici. On revient vite...

Et ils disparurent dans la foule.

VINGT-QUATRIEME MAURESQUE

Bernie n'était pas le genre d'homme à réfléchir comme les autres. D'ailleurs, il ne réfléchissait pas. Jamais. L'instinct seul le poussait à agir.

Alors que Vieux Switch se demandait encore comment il allait pouvoir monter sur le yacht sans déclencher une émeute digne de la Baie des Cochons, Bernie préféra se diriger droit sur deux des gardes de Pétrinov restés à terre. Assis sur les marches de l'église blanche, prise entre la rue des Augustins et celle du Beausset, ils fumaient sans sourire, les yeux collés sur toutes les fesses des militantes encostumées de frais. À la faveur d'un mouvement de foule, Bernie se retrouva derrière les deux hommes. Avec un peu de regret dans le regard, car Bernie n'était pas plus cruel qu'un enfant, il plaça ses deux énormes battoirs sur leurs nuques, prit son inspiration et serra pendant quelques secondes. Les deux gardes gigotèrent bien un peu, façon rats estourbis par une souricière en tungstène. Ils poussèrent aussi deux ou trois cris blancs. Et ils fermèrent enfin leurs yeux, les cervicales broyées et une douce paix à l'âme.

Bernie ouvrit la porte de l'église et tira les deux corps à l'intérieur. Personne n'avait rien vu ni entendu. Du travail propre.

Trois minutes plus tard, en uniformes et PM en bandoulière, Vieux Switch et Bernie se dirigèrent d'un pas assuré vers *Le Baklava*. Sur leur passage, les hommes s'écartaient avec respect, déférence et une admiration sans borne. Leurs femmes roulaient des yeux de vaches sous Viagra et clapotaient de l'entrecuisse. Vieux Switch se dit alors, avec délectation, que les étrangers ne baiseraient peut-être pas les militantes du Nouveau Mouvement du nouveau front national. Mais leurs maris avaient d'ores et déjà de bougres de belles têtes de cocus.

Le monde était bien fait.

Par endroits.

Le regard fixe, Vieux Switch et Bernie avalèrent la passerelle posée sur le ponton et adressèrent un rapide mouvement de la tête au garde en faction. Comme les militaires ne sont pas très causants dans le service, ce salut rapide sembla lui suffire et les deux hommes se retrouvèrent sur le pont avant, aussi gentiment qu'un pet sur une toile cirée.

Hormis deux fantoches postés au pied des mitrailleuses lourdes, il n'y avait personne à cet endroit du bateau. En face, sur le quai de Rive Neuve, la foule s'agglutinait dans les fracas d'une fanfare de cuivres. *La Marseillaise* faisait un tabac. Encore une heure comme ça, et elle allait pointer en tête de tous les top cinquante.

Vieux Switch et Bernie, pourtant grands mélomanes devant l'éternel, ne s'arrêtèrent pas sur le pont. Le PM débarrassé de son cran d'arrêt, ils s'engouffrèrent dans le premier entrepont et marchèrent droit devant eux. Là encore, personne, sinon trois gardes en train de boire de la vodka dans la salle commune et un cuisinier aux prises avec une demi-tonne de pommes de terre.

Tout se passait parfaitement bien jusqu'au moment où ils descendirent encore d'un niveau pour atteindre les appartements privés de Pétrinov. Là, au bout d'un long couloir aveugle et peint en blanc, ils aperçurent deux nouveaux gardes qui encadraient une porte fermée comme un coffre-fort. Immédiatement, ils firent un pas en arrière et attendirent. Défourailler à pleins canons et envoyer une purée de bastos bouillantes n'aurait servi à rien. Trop de bruit aurait alerté les autres gardes. Et ceux-ci auraient rappliqué encore plus vite qu'une bande d'huissiers sur un contribuable à terre.

Si près du but, il fallait trouver autre chose.

Bernie indiqua alors à Vieux Switch une armoire métallique fermée par un petit loquet. Celui-ci sourit. Il s'approcha alors du coffre de fer gris et, avec le canon de son PM glissé dans l'anse du cadenas, il le fit sauter d'un coup sec. Toujours en silence, il ouvrit la porte. À l'intérieur, toute une armada de câbles, de fusibles et de transformateurs prouvait qu'il s'agissait bien de l'armoire électrique chargée de distribuer l'énergie sur cette partie du bateau.

Après quelques secondes de réflexion, Vieux Switch trouva sans peine le fusible qui commandait la lumière dans le couloir. Il lança un clin d'œil complice à Bernie et désenclencha le fusible. Comme il n'y avait pas la plus petite trace de hublot dans la coursive, le noir le plus total envahit le couloir. Dans cette obscurité d'angoisse, même un vampire retors n'aurait pas retrouvé sa gousse d'ail. Vieux Switch entendit quelques mots de russe ressemblant à s'y méprendre à un chapelet de jurons. Puis un choc très désagréable pour l'oreille remplaça ces paroles, suivi aussitôt par le bruit mou de corps qui s'affalent.

Il était temps de rallumer.

Au milieu du couloir, les deux gardes gisaient faces contre terre sous le regard de Bernie. Le géant avait frappé un peu fort les deux crânes l'un contre l'autre. Le premier s'était fendu sur le côté et découvrait sans pudeur une cervelle rosâtre pas franchement ragoûtante. L'autre était en meilleur état. Sauf qu'une coupure, droite comme un sillon de géomètre devenu paysan, partait de l'arête du nez pour se perdre beaucoup plus haut sous les cheveux. Il pissait le sang avec ferveur.

Bernie eut un petit mouvement d'épaules désolé. C'était pas sa faute. Il n'avait jamais su doser sa force.

Surtout lorsqu'il tapait sur un militaire.

Allez comprendre...

VINGT-CINQUIEME MAURESQUE

Lorsque Vieux Switch ouvrit la lourde porte d'entrée, il dut faire face avec Bernie à une véritable armée de courtisanes, plus terrorisées que menaçantes.

Au début, en tout cas.

La coupure d'électricité et le spectacle des deux gardes allongés sur le sol les firent tout d'abord reculer à petits pas craintifs. Réfugiées contre le mur du fond, elles saisirent chacune un objet, prêtes à se défendre contre les deux envahisseurs à grands coups de théière, de pouf, de tabouret, de cadre ou de bougeoir en argent.

— Ne craignez rien, murmura Vieux Switch. Nous ne voulons pas vous faire de mal.

Sa voix douce et son sourire ravageur semblèrent les calmer un peu. Avant d'entrer dans la pièce, il préféra laisser passer quelques secondes. Autant pour les rassurer que pour profiter du spectacle. Ce qu'il avait vu l'autre soir en compagnie des deux vieux mérous n'était rien comparé avec ce qu'il avait maintenant sous les yeux, dans la lumière complice des appliques murales. Cet enfoiré de Pétrinov avait réellement réuni le harem que tous les rois du monde avaient dû rêver.

Et en rêvaient sûrement encore.

Parfumées d'essences rares, elles arboraient des décolletés profonds jusqu'au vertige. À peine maquillées, la peau luisante de crème et d'huiles essentielles, quelques bijoux placés aux endroits les plus judicieux, elles s'approchèrent peu à peu de la porte d'entrée.

Ces femmes, c'était du zéro défaut. De la bombe, à deux doigts d'être dégoupillée. Du diamant pur. Il y avait là largement de quoi renvoyer sur les bancs de l'ANPE l'élite des tops modèles, celles qui se la jouent intouchables dans les magazines imprimés à l'usage des désertées de la matière grise.

— Ne vous inquiétez pas, reprit Vieux Switch. Nous cherchons juste une amie à nous. Elle s'appelle Blandine...

Visiblement sourdes à ses prières, les amazones se mirent à sourire. Pour déposer sur le sol leurs armes de fortune, leurs bras s'abaissèrent avec lenteur. Un mouvement catégoriquement inverse s'amorça au niveau du bas-ventre de Vieux Switch. Un réflexe naturel, humain, sain. À cet instant, pour ne pas être ému, il fallait soit exercer la fonction d'eunuque et téter du bromure depuis sa naissance, soit vouer un culte extrémiste à Erasme et aux forts des Halles qui refoulent féroce des aisselles et puissant du clapet.

Contrairement à Estroublanc, Vieux Switch et Bernie ne faisaient pas partie de ces deux catégories.

Il fallait maintenant faire vite. Les yeux des courtisanes commençaient à envoyer des messages emplis de promesses démesurées. Vieux Switch déglutit avec difficulté. Il jeta un œil sur Bernie. Celui-ci avait plaqué son PM sur le haut de ses cuisses pour dissimuler aux regards gourmands une protubérance de dimensions plus que confortables. Le rouge au front et des ruisseaux de sueur courant sur ses tempes, l'ancien du Viêtnam avait visiblement de plus en plus de mal à se rappeler les principes salvateurs de la méditation transcendantale et les lois qui gouvernent le détachement de l'âme sur les plaisirs carnés.

— Blandine... Je cherche Blandine, balbutia à nouveau Vieux Switch.

Sans cesser de le manger à pleins regards, deux courtisanes lui indiquèrent d'un geste de la main une petite porte située au fond de la pièce.

— Merci mesdames, c'est vraiment très aimable à vous. Réellement...

Mais, visiblement, de ses remerciements, les pensionnaires du harem de Pétrinov s'en tapaient joyeusement le cul dans un panier d'oursins. De toute évidence, elles désiraient s'adonner pour l'instant à des amusements plus chauds et plus durs, énergiques et tendus.

Vieux Switch se plaqua contre la paroi et commença à se diriger vers la porte du fond. Il évita de son mieux de croiser les yeux brillants de ces femmes. Vu leur état, il y avait fort à parier que chaque centimètre carré de leur peau devait correspondre à un point G.

Et majuscule, encore...

— Bernie... Il faut que je voie Blandine trois minutes. Fais ton maximum pour retenir ces... ces femmes. Empêche-les de sortir. Démerde-toi...

Le géant n'eut pas le temps de répondre. À genoux sur le sol, il venait de se faire entraîner dans un maelström suave de chattes et de tigresses affamées d'amour. Certaines s'étaient mises à le déshabiller avec fureur. Dès que la peau apparaissait, d'autres se jetaient aussitôt dessus et frottaient avec une indécence délicieuse, troublante, brûlante, telle ou telle autre partie de leur corps. Comme dans une meute de louves, les plus fortes et les plus perverses s'acharnaient sur les parties intimes de Bernie et abandonnaient aux autres les pieds, les bras, les jambes, le torse et les mains.

Bientôt, celui-ci disparut dans une marée grouillante de langues, de sexes, de seins et de lèvres mouillantes. Dans le silence et le rythme doux du tangage, cette grappe se mit à gémir, geindre et soupirer, murmurer, supplier, crier, couiner, appeler, rire nerveusement ou grincer des dents, quémander, prier, implorer la caresse et la délivrance de l'étreinte, dans toutes les langues du globe.

Bernie était résistant. Mais il ne tiendrait pas longtemps sous les coups de reins d'une vingtaine de courtisanes plus excitées que des chattes jouant à mordiller un bout d'olivier trempé dans de la Javel.

Qui plus est, une nuit de pleine lune.

— Attends-moi, Bernie. Je reviens !

Sûr qu'il ne risquait pas de bouger de là...

Suivi de près par une Amérindienne aux yeux verts et une Congolaise aux seins incroyablement lourds, Vieux Switch atteignit en quelques pas la porte du réduit. Un coup de crosse du PM suffit à faire rendre l'âme à la serrure. La porte s'ouvrit. Aussitôt, Blandine gicla comme un petit diable se réfugier dans ses bras, le visage en pleurs :

— Switch ! J'ai peur ! Aidez-moi...

Immédiatement, l'Amérindienne contracta ses longs doigts aux ongles affûtés. De son côté, l'immense Congolaise arma son bras, prête à frapper. Elles avaient jeté leur dévolu sur cet homme. Et ce n'était pas une petite gamine blanche et à peine pubère qui allait les en priver.

Vieux Switch repoussa Blandine dans le réduit, referma la porte aux trois quarts et fit un écran avec son corps. Il murmura :

— Blandine, écoutez-moi...

Derrière le panneau de bois, une voix fluette lui répondit :

— Switch, faites-moi sortir... Elles sont folles !

Effectivement, les deux lionnes avaient un regard pas franchement estampillé nickel chrome, point de vue équilibre mental. L'Amérindienne, une femme fontaine, passait et repassait sa langue sur ses lèvres et ses doigts entre ses cuisses pour en recueillir un jus d'amour abondant qu'elle léchait ensuite avec avidité. La Congolaise, elle, se contentait de mordre jusqu'au sang sa longue langue râpeuse.

Tant que c'était la sienne, ça pouvait encore aller, après tout...

Vieux Switch était partagé entre une érection en duralumin et la froideur cartésienne de la mission à accomplir. De plus en plus inquiet, il demanda :

— Qu'est-ce qu'elles ont ?

— Je ne sais pas, sanglota Blandine. Tous les matins, Pétrinov leur donne des trucs à boire. C'est pour les délivrer de leur libido ou quelque chose comme ça...

— Efficace...

— Quoi ?

— Rien, balbutia Vieux Switch, de plus en plus mal à l'aise. Blandine, on ne va peut-être pas pouvoir vous sortir de là tout de suite. En attendant de trouver une solution, dites-moi tout ce que vous savez sur Pétrinov. Mais faites vite.

Une main sur la poignée et son PM dans l'autre, il était en effet sans défense, ou presque. Il s'adossa à la porte et murmura encore :

— Allez-y, Blandine. Je vous écoute.

— Bien...

Pendant que Blandine commençait à lui fournir des informations sur Pétrinov et *Le Baklava*, les deux courtisanes tombèrent à genoux. Très vite, elles firent descendre le treillis de Vieux Switch sur ses chaussures et attaquèrent *in petto* une partie de langues croisées des plus émouvantes. De savoir Blandine dans son dos, il sentit le rouge de la honte lui monter au visage. Mais il se dit aussitôt qu'il ne faisait que son devoir. Et pour une fois que celui-ci était agréable...

Avec ces deux mangeuses de serpent à ses pieds et la fille de Simoni dans son dos, la situation n'était pas vraiment banale. Mais l'histoire que lui apprit Blandine était, elle aussi, très loin d'être ordinaire.

C'était presque une histoire de fou.

Tout bien considéré, c'était une histoire de fou.

Ni plus, ni moins...

VINGT-SIXIEME MAURESQUE

Pendant que Bernie continuait stoïquement à se faire vider de sa substantifique moelle, Vieux Switch, le cyclope sino-vietnamien mangé jusqu'à la garde, écouta le récit de Blandine de son mieux. Sa pudeur toujours protégée par la porte de bois, elle entama son histoire :

— Avant de venir sur *Le Baklava*, j'ai fait des recherches sur Pétrinov. C'est bien un mafieux russe. Mais j'ai appris qu'aujourd'hui, il voulait se blanchir, s'affranchir, en quelques sortes. D'après les RG, il semblerait même avoir des ambitions politiques sur le plan national et international.

— Classique, commenta Vieux Switch.

Au moment où il voulut étayer son opinion, la grande Congolaise lui fourra sa langue rouge au plus profond de la bouche avec une autorité qui ne souffrait aucune résistance.

— Quand il a réquisitionné le Vieux Port, reprit-elle, ça n'était pas pour chercher un trésor. C'était pour trouver quelque chose de beaucoup plus important, de beaucoup plus grave. Quelque chose qui lui donnerait le... Switch ? Vous êtes toujours là ?

Il recracha la langue bouillante de la courtisane et balbutia :

— Oui, continuez Blandine...

— Bien. En fait, ce que cherche Pétrinov dans le Vieux Port, c'est la cassette de Gaby Deslys...

— Gaby qui ?

— Gaby Deslys. Une chanteuse de music-hall du début du siècle...

On était beau. Pendant que l'Amérindienne aux yeux verts, pliée en deux, se faisait harponner avec une joie non dissimulée ; du temps que la Congolaise se frottait maintenant avec délices contre la crosse de son PM ; dans les hoquets de jouissance et les râles de foutre d'un Bernie en rupture totale de pudeur, la fille de Simoni raconta les pérégrinations de Gaby Deslys...

Cette artiste tirait plus de la Mata Hari que de la roucouleuse pour salons bourgeois.

Avant la première guerre, elle avait d'abord obtenu un statut de star, chose nouvelle pour l'époque, grâce à une beauté et une classe évidentes. Puis, avec les affrontements des deux blocs, elle s'était muée en une espionne efficiente, mi-diplomate officieuse, mi-Madone des *sleepings*. En 1916, ses affaires avaient tourné vinaigre et elle était venue se réfugier à Marseille. Pendant quatre ans, jusqu'en 1920, elle avait effectué un nombre incalculable de voyages à travers l'Europe dévastée et dans toutes les capitales du monde en guerre.

Un halo de mystère avait fini par se former autour de son nom. À sa mort, en 1920, elle n'avait que quarante ans. Aussitôt, une rumeur un peu folle s'était mise à circuler. Avant de disparaître, elle aurait caché à Marseille un coffret contenant des bijoux personnels d'une valeur de plus de vingt millions de francs or.

— C'est ça que recherche Pétrinov : la cassette de Gaby Deslys...

Vieux Switch repoussa de son mieux la lourde poitrine de la Congolaise qu'il suçait depuis quelques minutes, juste histoire d'avoir un peu de paix.

Il reprit son souffle et répliqua :

— Ça ne tient pas. Pétrinov a suffisamment de pognon pour ne pas jouer au chasseur de trésors...

— Je sais, reprit Blandine. Il se moque parfaitement des vingt millions. Ce qui l'intéresse, lui, ce sont les papiers qui sont cachés dans ce coffret...

Pendant que l'Amérindienne jouait à broute minou avec sa compagne, Blandine poursuivit.

En veine de confidences, et sans doute par bravade, Pétrinov avait effectivement lâché quelques informations de premier choix à la fille de Simoni.

Gaby Deslys, devenue agent de renseignements, avait joué sur plusieurs tableaux à la fois avant, pendant et après la guerre. En prise directe avec les grands de ce monde, elle ne s'était sans doute pas sentie une fibre de patriote hors pair. Au fil de ses voyages, elle avait accumulé un nombre considérable de documents d'importance vitale. Parmi ceux-ci, on trouvait des protocoles d'accords secrets passés entre des industries d'armement des deux bords, désireuses de faire éclater la guerre au plus vite. Il y avait aussi, ratifié par de nombreux chefs d'Etat, l'ordre de faire assassiner par des intégristes serbes l'archiduc héritier du trône des Habsbourg, François Ferdinand.

Puis, pêle-mêle, Gaby Deslys avait constitué des listes entières. Là, c'étaient les profiteurs de guerre et l'explication de quelques fortunes soudaines, et pour le moins inattendues, dans une Europe exsangue. Ici, l'ensemble des sommes détournées par les ministres lors de l'appel à l'effort national pour renflouer les caisses de l'Etat. Un peu plus loin, les noms exacts des vaillants soldats qui, sur le front, n'avaient pas voulu servir de chair à canon. Ils avaient été froidement exécutés, dans le secret le plus absolu, sans aucune forme de procès.

Sur d'autres carnets, on trouvait des histoires croustillantes de ballets roses, de politiques qui avaient vendu des secrets de guerre, des indiscrétions d'alcôves avec photographies, des listes de margoulins qui avaient monnayé auprès des forces allemandes et pangermanistes un couloir maritime pour pouvoir continuer à écouler, en toute impunité, leurs richesses vers l'Amérique.

Et tout un tas d'autres choses pas vraiment ragoûtantes, pour qui reste sensible un tant soit peu à la propreté d'âme.

— Mais ce n'est pas tout... murmura encore Blandine.

Vieux Switch écarta du bras le bas-ventre dégoulinant de jouissance de l'Amérindienne et balbutia :

— Ma foi... Rien qu'avec ça, il y a déjà largement de quoi mettre le feu aux deux tiers de la planète !

Blandine semblait s'amuser. Elle se prenait un peu pour Fantômette. Ou sa cousine. En tout cas, quelqu'un de proche :

— Switch, il y a aussi un dossier accablant pour la SDN.

— Pardon ?

— La Société des Nations. L'ancêtre de la CEE et de l'OTAN, si vous préférez. Ce sont des papiers qui prouveraient que le massacre des Poilus a été décidé, orchestré et appliqué par une poignée de chefs d'Etat.

— Pourquoi ?

— Pour relancer l'économie.

Cette fois, Vieux Switch frappa l'occiput de l'Amérindienne contre la cloison. Puis il assena un coup de poing à assommer un bœuf birman sur la tempe de la Congolaise. Les révélations de Blandine étaient d'une gravité extrême. Et ça faisait quand même déjà trois fois en dix minutes qu'il avait opéré des nappages faciaux façon Nestlé. Il avait besoin dc toute sa tête pour réfléchir. Et les deux courtisanes s'écroulèrent l'une sur l'autre dans un désordre charmant.

Pendant que Blandine continuait à déballer les poubelles de l'histoire avec sa voix de gamine, le personnage de Gaby Deslys lui revint en mémoire, par bribes. Tout ce qu'avait raconté Pétrinov sentait foutrement la vérité. Aucun doute. Le nom de Gaby Deslys était encore dans les mémoires des plus vieux Marseillais. En 1921, les RG de l'époque avaient remué ciel et terre pour mettre la main sur cette fameuse cassette. Ils avaient investi sa maison, perchée sur les hauteurs de la cité. La Villa Gaby, que la chanteuse avait pourtant léguée par testament à une œuvre caritative, avait été purement et simplement réquisitionnée, puis démontée pierre à pierre.

Chou blanc.

Sur une rumeur, les vautours s'étaient alors jetés sur l'ile des Pendus, à quelques encablures au large de la ville. Rien, là non plus. Puis, au fil des années, des bijoutiers avaient racheté des villas et d'autres îles pour tenter leur chance. Mais les vingt millions de francs or et les papiers étaient restés introuvables.

C'était clair, maintenant. Si Pétrinov mettait la main sur cette cassette, la démocratie pouvait commencer à s'inquiéter féroce. Avec des preuves de corruption aussi accablantes, il allait pouvoir faire danser n'importe qui, d'un seul claquement de doigts. Sûr qu'avec ça, il n'aurait aucune difficulté à se faire admettre au sein du grand concert des nations. Et comme membre d'honneur, encore !

— Switch...

Un gémissement rauque plutôt qu'un cri tira Vieux Switch de ses réflexions. Il secoua la tête, se retourna et murmura :

— Oh, merde...

Près de la porte, aussi vigoureux qu'un nouveau-né croisé avec une louche de fromage blanc, les yeux éteints et la bouche ouverte d'avoir trop travaillé, Bernie tenait à peine sur ses jambes. À ses pieds, la vingtaine de voraces dormait du sommeil lourd de l'amour rassasié, leurs oursins de velours tendrement irrités, les seins devenus mous par trop de jouissance accumulée.

Vieux Switch le gratifia d'un petit sifflement d'admiration. Le géant en rosit de pudeur. Puis il latta avec délicatesse une Brésilienne récalcitrante. Elle l'avait chevauché deux fois plus que les autres sans qu'il parvienne à éteindre son volcan de senteurs. La Carioca effectua un petit saut carpé et s'endormit avec une pointe de regret près de ses compagnes.

Il est des femmes, comme ça, qui finiraient presque par vous faire douter de votre puissance sexuelle.

Franchement...

VINGT-SEPTIEME MAURESQUE

Pour quitter *Le Baklava*, Vieux Switch et Bernie n'avaient pas eu beaucoup plus de difficultés qu'à l'aller. Ce yacht était un vrai hall de gare, un jour férié. À part deux ou trois coups de tronche bien lestés, rien à signaler. Sauf pour Blandine. Elle avait tout de même un peu rougi lorsqu'elle avait découvert la vingtaine de tigresses en position de repos, dans l'odeur fauve de jus salés enfin libérés.

Mais elle n'avait rien dit.

Vieux Switch avait observé la gamine du coin de l'œil. Y'avait pas : la fille de Simoni brûlait de franchir d'un bond le gouffre qui sépare l'adolescente revêche de la femme enfin épanouie.

Une fois sur le Vieux Port, toujours plus noir de monde, Bernie avait filé par la rue de la Guirlande, tout près de la mairie, avec Blandine pendue à son bras. Direction : la Castellane, dans l'appartement d'Eddy. De son côté, sans même prendre la peine de se changer, Vieux Switch avait rejoint le porche au bas de la Canebière.

Personne.

Eddy et le Marseillais avaient disparu.

Il alluma une cigarette et s'essaya au difficile travail de la réflexion et de la déduction. Mais, après les assauts parfumés de l'Amérindienne et de la Congolaise, ses neurones avaient un mal de chien à se connecter entre eux.

Sans compter l'histoire confiée à mi-voix par Blandine, dans le ventre du *Baklava*.

À cet instant, il sentit une main le saisir à l'épaule. Aussi sec, il se retourna, le poing armé, l'œil assassin. Puis il se relâcha. Eddy, la lèvre inférieure fendue, le regardait avec les grands yeux tristes de celui qui vient annoncer une nouvelle pas franchement emballante :

— Le Marseillais ? interrogea immédiatement Vieux Switch. Où il est ?

— En taule...

— Quoi ?

— Il a pas pu s'empêcher d'aller fouiner vers son bar. J'ai essayé de le raisonner, mais rien à faire. Alors, je l'ai accompagné là-bas, discret.

— Qu'est-ce qu'il s'est passé ?

— Quand il a vu sa terrasse, il est devenu blanc comme un mort. La vie de ma mère, Switch, j'ai cru qu'il allait me péter une durite...

— Pourquoi ?

Eddy eut un regard gêné. Puis il expliqua les choses à voix basse. Les mots sortaient de sa bouche avec difficultés. Et sa lèvre abîmée n'y était pour rien, cette fois :

— Le bar de l'Aviation, c'est plus un bar.

— Quoi ?

— Estroublanc a fait tomber le comptoir. À la place, il y a installé... Il y a installé le siège du Nouveau Mouvement du nouveau front national.

— L'enculé...

Et pendant qu'ils remontaient la Canebière, Eddy lui raconta en deux mots toute l'histoire.

Les nerfs montés sur deux cent vingt, la rage aux poings et des insultes plein la bouche, le Marseillais s'était précipité sur le bar de l'Aviation. Au passage, il avait emplâtré dans toutes les règles de l'art quelques manifestants, une partie de la section nationaliste munichoise parfumée à l'eau de Cologne, et quelques membres de la garde de Pétrinov qui ne demandaient rien à personne. Comme un bouc furibard shooté au sel de Guérande, il avait fini sa course folle dans la vitrine et assommé une bonne douzaine de membres de la liste municipale d'Estroublanc, aux grands cris de : « Allez vous faire enculer, bande de nœuds volants ! »

Un poète.

Le Marseillais aurait dû, selon toute logique, être abattu, tiré comme un chien malade. Mais il y avait trop de foule. Puis, Estroublanc avait besoin de tous les suffrages pour les élections à venir. Et ça aurait fait négligé, un jour comme celui-là. Sans quoi, il y avait droit. Et même plutôt deux fois qu'une.

Vieux Switch désigna la lèvre d'Eddy. Elle était mal en point, noire, fendue comme une figure trop mûre :

— Et ça ?

— J'ai essayé de le retenir...

— Mais qu'il est con, ce Marseillais !

— Ne lui en veux pas, Switch. Dans les quartiers, on sait ce que c'est. Quand t'as bandé pendant des années pour avoir quelque chose qui t'appartient, à toi, tu laisses personne te le prendre. Personne...

C'était vrai.

De retour à la Castellane, une sale ambiance flottait dans l'appartement. Un peu comme un nuage lourd de larmes amères, prêt à crever. Seul, le spectacle de Simoni retrouvant enfin sa fille avait ajouté une tache de couleurs, l'espace d'un instant.

Puis l'angoisse était retombée avec le bruit sourd que produit la porte d'un cercueil qu'on ferme à tout jamais.

À cette heure-ci, ils savaient tous que le Marseillais avait été transféré de toute urgence aux Baumettes.

— Qu'est-ce qu'il risque ? hasarda Vieux Switch.

Avec une petite grimace de douleur, Simoni s'assit sur le canapé et passa son bras autour du cou de sa fille. Il lui sourit avec tristesse, puis :

— C'est grave. En temps normal, c'est au moins dix ans de taule. Et s'il est reconnu coupable de la mort des gardes de Pétrinov, il peut même prendre perpète.

— Pourquoi : en temps normal ?

— Comme préfet, Estroublanc a tous les pouvoirs. Mais quand même pas celui de rétablir la peine de mort. Pas encore, en tous cas... En revanche, il se trouve aujourd'hui devant un cas de force majeure.

— Et alors ?

— Pour marquer le coup et faire plaisir à Pétrinov, je ne serais pas étonné qu'Estroublanc décide d'éliminer le Marseillais. Logiquement, ça devrait se passer aux Baumettes, dans les sous-sols. La piqûre ou le 357. Après, il fera disparaître le corps ou maquillera ça en suicide.

Blandine écarquilla ses grands yeux bleus. Son menton se mit à trembler nerveusement et elle s'accrocha à l'avant-bras de son père :

— Dis... C'est pas possible ? Ils ne vont quand même pas le...

Sa question enfonça un clou de plus au cercueil. Vieux Switch, Bernie, Eddy et Blandine observèrent alors le sol en silence. Ils évitaient de se regarder. Au bout de quelques secondes, Simoni se releva. Il alluma une cigarette, fit quelques pas, et :

— Peut-être on peut faire quelque chose. Ça ne sera pas facile, mais je crois que ça vaut la peine d'essayer. Vraiment...

Sous un faisceau de regards interdits, il se mit à sourire avec une pointe de malice. Pour lui, le cercueil du Marseillais n'était pas encore scellé au Rubson...

Avant d'exposer son idée, il se pencha vers la table basse. Malgré l'œillade gentiment réprobatrice de sa fille, le premier adjoint au maire de Marseille s'enquilla à plein goulot un bon quart d'une bouteille de rhum. Depuis son anesthésie, il avait pris un certain goût à l'alcool de canne. Voire même, un goût certain. Ça le calmait. Et il allait avoir besoin de toute sa sérénité pour présenter son plan de façon claire.

Une véritable idée de fou malade.

Mais au point où on en était...

VINGT-HUITIEME MAURESQUE

Le lendemain, Estroublanc hésita à descendre de sa Mégane municipale avec chauffeur et cocarde tricolore. Garé devant *Le Baklava*, il laissa passer de longues minutes avant de se résoudre à ouvrir la porte. Au rayon des satisfactions, la manifestation de force du Nouveau Mouvement du nouveau front national avait remporté la veille un succès qui l'avait surpris lui-même. Il ne pensait pas que son Parti tout propre aurait un impact aussi rapide et direct sur la population marseillaise.

De braves abrutis, finalement.

Tous les fachos honteux s'étaient montrés au grand jour, sans exception. Devant lui, s'ouvrait désormais la voie royale vers le fauteuil de maire.

En revanche, ça s'était gâté du côté de la Russie. Pétrinov l'avait mauvaise. Que Blandine se soit enfuie, peu importait. Il avait suffisamment de perles de culture à enfiler sur le collier de ses fantasmes. Mais que ses hommes se soient fait promener comme des hamsters chloroformés, c'était insupportable. Sa fierté de Russe en avait pris un carton jaune de plein fouet. Le rouge n'était pas loin, et il voulait absolument l'éviter.

Estroublanc inspira une large bouffée d'air dans sa petite poitrine et finit par sortir. Sur le Vieux Port, quatre gardes encadraient la passerelle d'accès. Désormais, seul un fantôme tout juste ectoplasmique et muni d'un vrai faux passeport aurait pu passer.

Et encore, à condition de monter les pieds nus et de ne pas souffrir d'arthrose.

Pétrinov avait troqué son peignoir de soie pour une tenue militaire classique, sans la moindre once de fantaisie. Toujours aussi boudiné, mais beaucoup moins avenant, il observa Estroublanc avec le même regard noir et froid que celui d'une sangsue, lorsque la lame d'un couteau vient la détacher d'un bon morceau de viande rouge.

— Je vous remercie pour votre exactitude, monsieur Estroublanc...

Sa voix aussi était glaciale. Visiblement, Pétrinov se retenait de ne pas exploser. Il était plus tendu qu'un golden boy sous Guronsan, un jour de krach boursier. Avec son accent à trancher à la scie sauteuse, il reprit :

— Venez, monsieur Estroublanc. Je vais vous montrer ce que l'on fait, en Russie, lorsque quelqu'un manque à son devoir...

Effrayé par la suite pas franchement plaisante qu'il pressentait, le petit préfet balbutia :

— C'est que je n'ai pas trop le temps... Et je ne voudrais pas intervenir dans vos affaires privées, général...

Pétrinov claqua soudain une badine de cuir contre sa propre cuisse. Il hurla :

— Je vous ai ordonné de venir, Estroublanc ! Et je veux être obéi sur mon bateau !

— Oui, général. Je vous suis...

Soudain plus affable, le Russe sourit de façon outrancière. Avec le dandinement caractéristique des hommes qui ont abusé des tartines de Saindoux trempées dans de l'huile d'arachide, il approcha de son invité. De sa badine, il souleva le menton d'Estroublanc. Face contre face, il articula, très lentement :

— Monsieur le préfet de la ville de Marseille, savez-vous ce qu'est la démocratie ?

— Non... Oui ! Enfin, je crois...

— Vous ne savez rien, monsieur Estroublanc. Absolument rien à tout ça. Moi, Igor Pétrinov, je vais vous donner une leçon de démocratie. Et je vous conseille de ne jamais oublier ce que vous aller voir...

— Pourquoi ?

— Suivez-moi.

Quelques secondes et un entrepont plus tard, les deux hommes se retrouvèrent dans une pièce aveugle, éclairée à l'arrache par deux plafonniers froids. Sur des marchepieds de bois, cinq gardes et dix courtisanes, les yeux bandés, les mains ligotées dans le dos, étaient agenouillés. Avec sa grande faux aiguisée à la lanière de cuir, on pouvait sentir la mort rôder par là et pousser de petits gloussements de plaisir.

Au bout de quelques secondes qui parurent interminables au petit préfet, la voix de Pétrinov fit alors éclater le silence et la tension. Estroublanc sursauta.

— Alors, monsieur le politique, quelle est la définition exacte de la démocratie ? Répondez !

Estroublanc réprima avec difficulté un tremblement dentaire nerveux et trouva la force de répondre :

— Je crois que c'est lorsque la décision du plus grand nombre l'emporte.

— Exact. Et ici, nous sommes sur *Le Baklava*, un bateau russe. Et j'ai été élu chef par mes hommes russes. Élu de façon démocratique...

Estroublanc fronça les sourcils. Il faut dire que la démocratie n'était pas son fort.

— Où voulez-vous en venir ?

— Je représente la population russe de ce bateau. Comme vous allez devoir le faire avec l'intrus qui a osé interrompre notre parade, hier, je vais moi aussi rendre la justice de façon démocratique.

— Ici ?

— Oui.

Il se retourna alors vers la haie des condamnés et glapit un ordre bref. Aussitôt, un garde gigantesque apparut dans la lumière. Arrière-petit-fils de Taras Boulba, des moustaches à la Gengis Khan, à la fois sumo survitaminé et docteur Fumanchu, il arborait le crâne rasé des moines Shaolins et la longue natte des Hajduks des steppes. Un cimeterre aiguisé au petit poil dans la main droite, il s'avança pour s'incliner avec déférence devant Pétrinov. À chacun de ses pas, le sol en métal tremblait de façon lugubre, comme un glas grave dans la lande irlandaise.

D'un hochement de tête, Pétrinov ordonna au géant d'honorer sa fonction.

Ce fut rapide. Plus encore qu'une éjaculation précoce signée par un adolescent mormon.

Tour à tour, en moins de trente secondes, avec des han ! de bûcheron, les têtes des cinq gardes et celles des dix courtisanes tombèrent sur le sol avec de petits hoquets sanglants très désagréables, à la vue comme à l'ouïe.

À la fin de l'opération, le géant poussa un large soupir de satisfaction tandis que Pétrinov éclatait de rire. Seul, Estroublanc se retourna et vomit discrètement, en prenant soin de ne pas tâcher ses chaussures en nubuck avec un reste de tapenade avalé en vitesse le midi même. Pendant qu'il s'essuyait les commissures des lèvres et son front trempé de sueur froide, le général mafieux revint se planter devant lui :

— Monsieur Estroublanc, j'espère que vous avez apprécié cette petite leçon de démocratie. Je compte sur vous pour l'appliquer dès demain sur le propriétaire du bar de l'Aviation. Ai-je été assez clair ?

— Parfaitement, général... Le Marseillais sera exécuté à la première heure, dans les sous-sols des Baumettes. Vous pouvez compter sur moi...

Pétrinov sourit et alluma un nouveau cigare. Puis :

— Le Vieux Port me donnera ce soir ce que je cherche.

Dès demain, je quitterai cette ville et j'irai mouiller *Le Baklava* sur l'Hudson River, devant le siège des Nations Unies, à New York...

Il recracha dans le silence un épais nuage de fumée, légèrement soufrée. Les mains dans les poches, il considéra Estroublanc avec un mépris écrasant :

— Je quitte votre ville, monsieur le petit préfet. Je quitte Marseille. On m'en avait beaucoup parlé. Et je suis déçu. Terriblement déçu. Comme toutes les villes du monde, Marseille s'est agenouillée devant l'argent. Les Marseillais n'ont pas de couilles, monsieur Estroublanc. Comme vous, d'ailleurs. Marseille est une ville qui se laisse acheter. Marseille est une pute...

Et il quitta la pièce avec un petit soupir de dégoût.

À dire vrai, Pétrinov jouait avec la poudre. Mais, sur ce coup-là, il risquait de se faire péter les mains avec. Et ses doigts allaient tomber sur le sol du *Baklava* avec à peu près autant d'élégance que des saucissettes de Strasbourg avariées...

À condition que les Marseillais se réveillent.

Mais ça...

Dans sa cellule des Baumettes, le Marseillais n'en menait pas large. Bien sûr, les CRS qui l'avaient sorti du bar de l'Aviation avaient pris cher derrière la cravate. Mais moins que lui. Au bout de quelques minutes, seul contre une armée de resserrés du képi, cerné par une forêt de matraques bien astiquées, il s'était fait dérouiller à la féroce.

Résultat : il gisait maintenant sur sa banquette de cellule QHS, quelques dents en cavale et le bidon constellé de petites ecchymoses d'un bleu profond tirant sur le noir. Les impressionnistes auraient apprécié. Un médecin légiste, beaucoup moins.

De son entrée aux Baumettes, la Mecque des Marseillais malchanceux, il n'avait gardé qu'un souvenir très fugace. Sur les trottoirs, à l'extérieur, un attroupement de visiteurs silencieux bloquait l'entrée et piétinait dans le froid. On était mercredi, le jour où les parloirs étaient pris d'assaut.

Dans les coups de sirènes bleues, la grande porte de fer et de bois avait coulissé sur ses gonds. Derrière elle, un minuscule poste de garde avec, dans le fond, des murs vertigineux hérissés de barbelés. Trois pourparlers et deux salades administratives échangées sur un ton badin. Puis on l'avait sorti du fourgon et emporté, à moitié inconscient, dans les allées de la prison. De part et d'autre, il avait aperçu d'immenses façades grises, trouées de fenêtres minuscules.

Des meurtrières pour des minots ou des marlous, pas tous meurtriers.

Il ne se souvenait pas de grand-chose. Sinon des cris. Dans ces premiers jours de printemps, la sève montait depuis le sol jusque dans les cellules. Ça rendait tout le monde fou. Quelquefois, les prisonniers s'accrochaient aux barreaux des fenêtres. Sans véritable raison, ils se mettaient alors à hurler comme des déments des mots sans suite, jaillis du fond des tripes. Des cris gutturaux arrachés à la bête primale qui sommeille en chacun de nous. Il n'y avait rien contre le Marseillais, à moitié groggy. C'était juste une poussée de haine sourde qui aurait explosé de toute façon, même si les prisonniers ne l'avaient pas vu dans les allées, encadré par trois matons carrés comme des armoires normandes.

Il disparut dans les braillements amers.

Quelques sas de sécurité éclaboussés de lumière blanche. Puis, une porte de cellule ouverte avec violence, son corps balancé sur le sol, un claquement sec de loquet.

Et le silence.

— Bande d'enculés de frais...

Ce fut la seule phrase qu'il parvint à articuler entre ses lèvres tuméfiées. Puis il s'endormit du sommeil lourd et douloureux des prisonniers battus.

Plus tard – il n'aurait pas pu dire si des heures ou des minutes s'étaient écoulées–, le Marseillais revint à lui. La situation puait le chancre mou et la vieille punaise écrasée. Tout son corps lui faisait mal, mais il souffrait plus encore d'avoir laissé Vieux Switch, Bernie et Eddy. Il avait agi comme un gamin, un enfant gâté qui veut tout, tout de suite. Et maintenant, à cause de lui, ses trois amis devaient se faire un mouron de tous les diables de Tasmanie réunis.

Et pas la moindre goutte de pastaga à s'envoyer derrière la luette...

À dire vrai, le Marseillais se tapait le coquillard de son propre sort. Il avait la cinquantaine bien frappée. Il avait aimé, souffert et joui plus qu'à son tour. Si on décidait de le laisser pourrir aux Baumettes, ou si on décidait de le raccourcir de trente, ça n'avait pas beaucoup d'importance.

En revanche, il s'en voulait de disparaître au moment même où Marseille crevait d'une petite mort honteuse. De toute sa vie, il n'avait jamais imaginé que Phocée, sa femme, puisse baisser les bras au point de se faire déshonorer par une poignée de nazillons décérébrés.

Jamais.

Sûr qu'à cette heure-ci, Notre-Dame de la Garde, écœurée, devait tourner le dos à la mer. Peut-être même regardait-elle vers le nord. Et, pourquoi pas, vers Paris, au point où on en était ?

Le Marseillais en était là de ses réflexions lorsque la porte de sa cellule s'ouvrit dans un grincement lugubre. Il sursauta. Dans la lumière halogène crachée par le couloir, la silhouette d'un homme se détachait. Noire, froide, avec un halo de menace muette dans les contours.

Pince-sans-rire, le Marseillais murmura faiblement :

— Alors, t'es venue ? Je voudrais pas t'emmerder, mais t'as oublié ta faux, ma belle...

L'ombre fit trois pas en avant et s'assit avec lenteur sur un tabouret. Si ça n'était pas la Camarde, ça y ressemblait quand même foutrement. Pendant quelques minutes, ce fut le silence le plus parfait. On n'entendait que les hurlements sporadiques, les cris de haine et de désespoir des prisonniers dans leur cellule. Quand le calme revenait, les crissements des pattes de blattes sur la pierre les remplaçaient.

L'homme portait une longue robe de bure noire. À cause du froid et de l'humidité persistante, il avait recouvert son crâne avec sa cagoule et regardait à terre, un missel serré contre sa poitrine. Son visage disparaissait entièrement dans l'ombre.

Le Marseillais l'observa longuement. Puis il demanda d'une voix fatiguée :

— C'est quoi ? L'extrême-onction ?

L'inconnu répondit à voix encore plus basse :

— Oui, mon fils. Il ne vous reste plus que quelques minutes.

Dans la pénombre, le Marseillais pâlit. Il inspira profondément, se racla la gorge et répondit :

— Après tout, c'est peut-être mieux comme ça. Je préfère crever de suite. J'aimerais pas finir ma vie à jouer avec les cafards. Les cafards, ça me fout le bourdon.

Un nouvel instant de silence s'écoula. Puis l'homme d'église tira de sa robe de bure un litre de mauvais cognac et un paquet de cigarettes blondes, à peine entamé. Ça n'était ni du pastis des familles, ni des brunes qui vous ramonent la gargamelle. Mais c'était déjà mieux que rien. Le Marseillais saisit la bouteille et en descendit une bonne moitié, cul sec. Il alluma une cigarette, tira quelques goulées dignes de la grande cheminée des mines de Gardanne, et attaqua :

— Écoutez, mon père... Je vous remercie pour la bouteille et les cigarettes. Mais avant de passer à la trappe, je voudrais me confesser un peu...

Le prêtre accepta la requête, toujours en silence. Le Marseillais avala une nouvelle lampée de cognac propre à crucifier un Irlandais en phase terminale de delirium tremens. Puis il reprit :

— Dans ma vie, j'ai pas toujours fait que le bien. Loin de là. Alors, c'est pas la peine de se tartiner les sept péchés capitaux les uns après les autres. Sinon, on va en avoir jusqu'à la vie des rats. Vu qu'on n'a guère le temps de faire la liste, disons que je suis responsable d'à peu près tout ce qu'on peut imaginer. Ou presque. J'ai trompé mes femmes, j'ai juré comme un salaud, j'ai niqué à couilles rabattues, j'ai menti pire qu'un homme politique et j'ai brûlé ma vie par les deux bouts. Et même, parfois, par le milieu. Mais comme j'ai aussi essayé d'être toujours propre avec les gens propres, peut-être que saint Pierre, l'un dans l'autre, il arrivera à me trouver une espèce de compromis... Alors, pour le *Pater noster* et les *Je te salue Marie pleine de grâce*, on va peut-être attendre que je sois là-haut pour les réciter. De toute façon, c'est à peu près tout ce que j'aurai à y faire...

Le prêtre toussota avec discrétion. Le Marseillais prit cela comme une réponse positive, et il continua :

— En revanche, mon père, j'ai commis un vrai gros pêché. Et quand je dis gros, c'est pour pas dire énorme, colossal, gigantesque. Voire même, sérieux...

— Lequel ?

— Voilà. Maintenant que je vais passer chez le coiffeur pour nuque, je me rends compte que je vais abandonner mes amis dans une Marseille qui n'a plus de Marseille que le nom. Tout ça, par ma bêtise et par ma prétention. Et j'en avais pas le droit...

— Pourquoi ?

— Parce que mourir, c'est pas grave pour celui qui meurt. C'est grave pour ceux qui restent. Je m'explique... Pendant que je vais jouer à l'ange bouffarel [1] dans les nuages, avec les ailes au dos et tout le tremblement, Switch et Bernie, je les connais : ils vont envoyer les pieds dans la figure d'Estroublanc et peut-être même dans celle de Pétrinov. Et comme je serai pas là pour les aider, ils vont sans doute prendre un mauvais coup. Et ça, ça me fait peine...

— C'est tout ?

Le Marseillais éradiqua le reste de cognac, alluma une autre cigarette, et reprit avec gravité :

1. En Provence, petit ange souffleur aux joues rebondies.

— Non, c'est pas tout. Même si c'est à cause de cet enculé de Simoni qu'on en est arrivés là, ça m'ennuie aussi pour lui de pas avoir pu l'aider.

— Oui ?

— Parfaitement. Pour lui et sa petite. Bien sûr, il mérite même plus le nom de Marseillais. Il en est plus digne. Mais il est quand même de Saint-Antoine. Et... Et j'aurais voulu l'aider, à mon petit niveau, à retrouver son âme qu'il a vendue à Estroublanc. C'est bête, mais c'est comme ça. J'aime pas les politiques. Mais c'est Switch qui avait encore raison. Simoni, il s'est fait monter le bourrichon par les promesses. Et maintenant, il est plus malheureux qu'autre chose. Et en plus, y'a que lui qui aurait pu réussir à sauver Marseille. Il est suffisamment roublard pour ça, le salaud...

La discussion se poursuivit jusqu'à ce que le prêtre consulte sa montre et se redresse. L'heure était passée. Il était temps d'y aller.

Pas vraiment pressé d'en finir avec la vie, le Marseillais fit une moue et se leva à son tour :

— Putain... Vous êtes payé au mort, ou quoi ?

Dans le long couloir blanc qui mène à la fin des fins, le Marseillais avait tout de même les intestins en scoubidous et la bouche plus sèche qu'une mèche de Zippo d'avant-guerre oubliée dans un tiroir. Les pas des deux hommes scandaient la liturgie ânonnée par le prêtre à mi-voix. Encore un peu moins de cent mètres, et la porte de la salle d'exécution serait atteinte. Guillotine, seringue ou peloton à douze flingues, peu importait. Quand il serait passé de vie à trépas, il serait sans doute coulé dans les fondations d'un immeuble quelconque. *Ite missa est...*

Au milieu du couloir, le prêtre s'arrêta et ouvrit son missel avec lenteur. À l'intérieur, l'ensemble des pages avait été creusé. Il en tira un Magnum rutilant qui offrait une bonne petite gueule de tueur professionnel.

Le Marseillais avala une salive sèche. Il fit un pas en arrière et demanda :

— Qu'est-ce c'est, cette embrouille ? Dites : c'est vous, le bourreau ?

Comme l'homme ne répondait pas, il planta ses mains sur ses hanches. D'une voix de stentor, il reprit :

— Oh, figure d'ampoule grillée ! Je te parle ! Qu'est-ce y se passe chez les culs bénis ? Vous faites le travail à la chaîne, maintenant ? La confession, l'exécution et l'extrême-onction ? Y'a restriction de personnel, ou quoi ?

De son côté, le prêtre le mit en joue. Son silence persistant rendit le Marseillais encore plus fou de rage. Il recommença à brailler :

— Oh, mange-merde ! Tu vas me répondre ?... Et tu te dis prêtre ? Mais si toi t'es prêtre, je te jure sur la Bonne Mère que je mange un rat vivant ! Et par la queue, encore !

L'homme d'église désenclencha le cran de sécurité. Puis il appuya sur la détente à deux reprises. Aussitôt, le Marseillais ferma les yeux très fort. Puis il entendit dans son dos des hurlements d'hommes. Il se retourna et vit deux gardes de Pétrinov se tordre de douleur comme des anguilles jetées dans une cocotte de vin bouillant. Les balles les avaient atteints de plein fouet.

Il se retourna une nouvelle fois. L'homme d'église abaissa enfin son arme brûlante et découvrit soudain son visage. La figure fissurée par la surprise, le Marseillais lâcha :

— Putain... Je le crois pas...

Devant lui, la gueule enfarinée et le sourire aux lèvres, Simoni tirait déjà de son missel une longue clé. Il l'introduisit dans la serrure d'une porte située sur sa droite et murmura :

— Allez, Marseillais. Il faut mettre les bouts. Les autres ne vont pas tarder à rappliquer...

Presque pour lui, désabusé à l'extrême, à la fois furieux de s'être fait enrhumer et joyeux de se tirer de là, le Marseillais souffla :

— Tu me crois que je le crois pas...

Le premier adjoint au maire Simoni avait gardé ses entrées aux Baumettes. Et en l'occurrence, celles-ci permettaient d'offrir au Marseillais un ticket de sortie.

Et un fameux, encore...

TRENTIEME MAURESQUE

Maintenant que le Marseillais était sauvé, tout allait s'accélérer version turbo du côté de Phocée. Puisque les Russes et les apprentis nazis voulaient la guerre, ils allaient l'avoir. Dès que les deux hommes en retour des Baumettes avaient remis les pieds chez Eddy, à la Castellane, l'appartement se mit aussitôt à ressembler furieusement à un camp retranché en pleine ébullition. Accroché à son téléphone comme une Sicilienne à son mari un soir de bal dans une boîte échangiste, Eddy avait multiplié les coups de fil. Pour parvenir à faire barrage au fascisme en marche, il leur fallait de l'aide.

Et pas qu'un peu...

Dans une bonne odeur d'excitation, en français, en arabe ou en sabir, Eddy avait contacté les représentants de tous les quartiers. Jeunes ou vieux, hommes ou femmes : il fallait que Marseille se réveille et retrouve sa foi. Un rendez-vous avait été fixé dans la salle de son association loi 1901, dans une heure au plus tard.

Les uns avaient accepté par simple haine du Nouveau Mouvement du nouveau front national. Les autres, la majorité, par orgueil et agacement. Les Marseillais sont ainsi. Ils peuvent supporter beaucoup de choses avec patience, voire avec bonhomie. Mais ils aiment aussi se sentir chez eux, fiers de leur territoire. Et ce *Baklava*, en plein sur le Vieux Port, ça finissait par les rendre nerveux. Des quartiers nord aux quartiers sud, le téléphone arabe avait fonctionné à merveille. Aucun ne s'était encore engagé à agir. Mais tous seraient là pour décider de ce qu'il convenait de faire.

Le visage en sueur, gavé de thé à la menthe et plus excité qu'un accélérateur de particules fou, Eddy raccrocha enfin le combiné pour la dernière fois et s'exclama :

— Ça y est, Switch ! Dans une heure, la salle sera noire de monde.

Vieux Switch eut un regard inquiet et dubitatif à la fois. Si ces relais faisaient le déplacement, c'était par respect pour Eddy. Rien de plus. Jusqu'à présent, aucun n'avait encore osé lever le petit doigt pour défendre Marseille. Cette réunion sentait méchamment le pétard mouillé. Il descendit une gorgée de gin et demanda :

— D'après toi, qu'est-ce qu'ils peuvent faire ?

Eddy se leva doucement. Sur ce coup-là, il avait des flammes plein les yeux. Les mains dans les poches, il vint se planter devant Vieux Switch :

— J'en sais rien. Sincèrement. Les quartiers, je les connais. J'y habite. Et à Marseille, les gens, ils sont ingérables. C'est ou tout blanc, ou tout noir. Jamais entre les deux. On verra dans une heure.

C'était vrai. Salement vrai, même. Pendant que toute l'Europe nazie avait sali la Canebière avec ses godillots ferrés, quelques jours plus tôt, ceux des quartiers avaient joué le silence total. Ils avaient observé la scène avec un désintérêt royal branché sur encéphalogramme plat. Pas l'ombre d'une colère, pas la plus petite miette de révolte.

Mais Pétrinov et Estroublanc devaient se méfier des Marseillais. Ils étaient capables d'exploser, a priori sans raison, pour défendre leur ville. Il suffirait d'un détail, d'une étincelle. Et ils prendraient les armes, prêts à mourir pour elle. Cette réunion à venir, Eddy espérait qu'elle servirait de détonateur. Il reprit :

— Si on sait leur parler, je donne pas cher du Russe et du roquet. Et ça, c'est ce qui me ferait le plus plaisir au monde. Que les quartiers se prennent par les couilles et qu'ils délivrent Marseille.

Sous les regards de Vieux Switch, Bernie, Blandine, Simoni et du Marseillais, il se laissa aller à dire son espoir. Il en avait plus que marre que tout le monde crache sur ceux qui vivent au nord de Marseille. Personne ne connaissait leur richesse. Vus de l'extérieur, ils étaient tous semblables : des petites frappes sans avenir et sans envergure, des voleurs, des voyous, de la graine de potence, de l'étranger mal digéré, des taggueurs du désespoir.

Et pourtant.

Pour quelques petits cons qui déshonoraient leur ville et leur famille, il y avait dans les quartiers nord beaucoup de jeunes qui réussissaient. Ils ne montaient sans doute pas vite dans l'échelle sociale. Mais ce qu'ils obtenaient, ils ne le devaient à personne sinon à eux-mêmes. *Monter pas bien haut, peut-être. Mais tout seul.* Il y avait du Cyrano dans tous ces minots. Et on n'en parlait pas. Jamais. Il était tellement plus facile de faire de l'assimilation rapide, aveugle, pratique.

— Vous comprenez pourquoi ça me ferait du bien ? Marseille la blanche, tout en bas, elle nous regarderait plus tout à fait avec les mêmes yeux si c'est à nous qu'elle doit sa vie. Ça changera pas l'ordre des choses, je le sais bien. Il y aura toujours des enculés pour nous cracher à la gueule. Mais si on y arrive, ces crachats seront moins nombreux. Et, en tout cas, ils nous feront moins mal...

Sur ce coup, Simoni était à deux doigts de demander un mouchoir. Il se leva à son tour. Débarrassé de son costume de confesseur, vêtu d'une veste de cuir, de baskets blanches et d'un jean délavé, il avait perdu dix ans. D'avoir renoncé à son costard de politique, c'était comme s'il avait pris un bain de liposomes actifs dans une fontaine de Jouvence. Pour un peu, on lui aurait demandé sa carte d'identité à l'entrée d'un cinéma porno.

— Eddy, je voudrais leur parler, à la réunion.

Le Marseillais, qui n'avait toujours pas digéré de s'être fait confesser comme un voleur, intervint avec un petit ricanement :

— Toi ? Tu crois que toi, Simoni, ils vont t'écouter ?

— Pourquoi pas ?

— Va plutôt mettre un masque, carnaval ! Si jamais ils se rendent compte que t'es à la Castellane, ils vont te transformer la figure en confettis !

— Je prends le risque.

— Alors, t'es fada...

— C'est possible.

Vieux Switch lança un regard interrogatif à Eddy. Celui-ci eut une moue qui signifiait tout à la fois le doute et l'inquiétude, avec un zeste de c'est risqué mais pourquoi pas. Comme il l'avait dit, les gens des quartiers étaient ingérables.

Devant l'insistance du premier adjoint au maire, Eddy et Vieux Switch finirent par accepter. Simoni leur parlerait. À ses risques et périls. S'il réussissait à les convaincre, il y aurait une chance de sauver Marseille. S'il échouait, il se retrouverait sans aucun doute dans la situation peu enviable du supporter du PSG qui s'est égaré par étourderie dans la tribune des Ultras, un soir de finale de la coupe de France.

À cet instant, Bernie cogna doucement contre la vitre de la fenêtre. Depuis la terrasse, il avait vu les responsables des quartiers traverser la place de la Castellane, tous sur leur trente et un.

La réunion allait pouvoir commencer.

Avant de descendre dans les locaux de l'association, Blandine vint se blottir entre les bras de son père. Elle ne prononça pas un seul mot. Elle se contenta de le serrer contre lui pour lui transmettre de l'amour.

Une pleine dose.

Dans le genre quitte ou double, cette réunion allait être un grand moment.

Parole...

TRENTE ET UNIEME MAURESQUE

À dire vrai, Simoni n'en menait pas large devant les représentants des quartiers. En tout, une cinquantaine de personnes de tout âges attendaient, les bras croisés sur la poitrine, que le premier adjoint de la ville accouche. Dans la petite salle enfumée, les femmes avaient le regard dur, inflexible, affûté par la méfiance de celles à qui on a beaucoup promis sans jamais rien donner. Les hommes, des Asiatiques aux Comoriens, et des Maghrébins aux Européens de l'Est, n'étaient pas non plus venus pour faire de la figuration. Ils avaient l'attitude un rien arrogante de ceux qui étaient fiers de ne pas avoir glissé dans la bricole, la blanche et les cambus minables. Ils gagnaient en un mois de boulot ce qu'un peu de fourgue ramenait en une heure à peine.

Mais c'était un choix qu'ils avaient fait, et c'était de cela qu'ils étaient fiers. Ils étaient propres. Pas vraiment du genre à se faire enfumer par n'importe qui. Dans leurs quartiers, c'étaient eux qui faisaient la loi.

Quand ils découvrirent la présence de Simoni, certains d'entre eux voulurent d'abord sortir de la salle de l'association. Le politique était l'ennemi. Les supplications d'Eddy n'y firent rien. La présence de Bernie, en travers de la porte, oui.

À dix heures, la réunion débuta. La tension était au maximum, pied au plancher et tombeau ouvert. Derrière un bureau d'écoliers, Eddy, Vieux Switch, Simoni et le Marseillais présidaient les débats. Plus habitué au lèche-figure larmoyant des politiciens véreux dans les salons dorés de la mairie, le premier adjoint hésita un moment avant d'entamer son discours. Dans l'odeur du gris roulé et de la blonde, il but une gorgée de bière, lâcha son sourire le plus séduisant à l'attention des foules et attaqua enfin, avec force et chaleur :

— Avant tout, je voudrais vous remercier d'avoir fait le déplacement jusqu'à la Castellane. La situation, vous le savez, est grave. Marseille, votre ville, est en danger. Et si vous êtes tous ici, rassemblés aujourd'hui, c'est parce que vous êtes conscients que nous sommes dans une situation de crise sans précédent...

Une belle femme d'Afrique noire, représentant la Busserine, l'interrompit d'un ton sec :

— Non, monsieur. On est là parce qu'Eddy nous a demandé de venir. On est pas venus pour vous. On est venus pour lui.

Un murmure d'approbation parcourut l'assistance. Il allait falloir la jouer serré. Simoni se racla la gorge et reprit, sur un ton un tantinet moins hâbleur :

— Nous sommes d'accord. Mais l'essentiel, c'est que nous soyons là. C'est que nous soyons tous là, malgré nos différences.

Un vieux Marocain, les avant-bras mangés par des tatouages, intervint à son tour :

— Quelles différences ? Y'a que toi qu'est différent. Toi, tu fais le Charlot à la mairie et tu connais rien de la vie ! Nous, on est tous des quartiers !

Une nouvelle vague de murmures entendus enfla dans le public. Près de Simoni, Eddy baissait déjà la tête, piteux, désolé. Le premier adjoint écrasa sa cigarette avec nervosité dans le cendrier. Toujours debout, il posa ses mains sur le plateau du bureau. Il prit son inspiration.

Mais, au moment de parler, un homme d'une trentaine d'années, apparemment manouche, cria dans la salle :

— Tu vois pas qu'on veut pas de toi, ici ? C'est comme d'habitude : t'as rien que des promesses et des mots à nous balancer. Tout ça parce qu'on est à un mois des municipales ! Y'a que nos voix qui t'intéressent !

Aussitôt, une voix criarde de femme rebondit sur la dernière phrase :

— Il a raison ! Les politiques, on les aime pas ! Et toi non plus, Simoni, on t'aime pas !

Un gamin de vingt ans tout au plus, casquette des Rangers à l'envers et boucle d'or à l'oreille, surenchérit avec un mauvais sourire :

— C'est vrai ! Tu crois que tu peux nous acheter avec un panneau de basket ripou et quatre emplois-jeunes en bois ? Tu nous manques de respect, enculé !

A sa suite, les interpellations fusèrent :

— Et tu viens jusqu'à la Castellane pour nous faire ton numéro de clown ? Retourne en bas faire ton cirque, pantin !

— Et tu te dis marseillais ? Tu vois pas que tu sens la mort ?

— Retourne sur le Vieux Port : ici, c'est pas ta ville !

— On en veut pas, de ton discours de merde ! Tu nous a assez pris pour des cons !

— De toute façon, ici, on vote pas ! Va faire la pute ailleurs, emmanché !

— Casse-toi !

A cet instant, le Marseillais se dressa à son tour. Les bras en croix, il fronça ses sourcils et se mit soudain à hurler de toute la force de ses cordes vocales :

— Mais vous allez la fermer, oui ? Qu'est-ce c'est, ce bordel ? Vous avez pas honte ?

Un silence de glace s'abattit sur la salle. Interloqués, des reproches plein la bouche et de la haine dans le regard, les représentants des quartiers s'observèrent un instant, incapables de savoir s'ils devaient ou non réagir à cette gueulante impromptue.

— C'est vrai, quoi... continua le Marseillais, soudain plus calme. Simoni, c'est un enculé de politique. Sur ce point, on est d'accord, et même plutôt deux fois qu'une. Mais il a quand même le droit à la parole, non ?

— Qui t'es, toi ? demanda le minot à la boucle d'oreille. Sa pute ou son pantin ?

— Je suis celui qui va te mettre une bouffe à te décoiffer la figure, si tu continues à faire le mia des bacs à sable ! C'est compris, petit con ? Simoni, il faut le laisser parler !

— Pourquoi ? questionna le vieux tatoué.

— Parce que !

Comme ça faisait tout de même un peu léger sur le plan de la rhétorique, le Marseillais ajouta, sur un ton un peu plus mesuré :

— Vous en connaissez beaucoup des politiques qui prennent le risque de venir vous voir dans les quartiers ? Vous en avez déjà croisé des dirigeants qui vous demandent de leur filer un coup de main ? Et un premier adjoint au maire qui est le collègue d'Eddy, ça arrive souvent ? Faites honneur à vos quartiers. Laissez-le parler. Après, vous pourrez le lyncher, si vous voulez. Mais après seulement...

Les hommes et les femmes acquiescèrent dans un silence unanime. Le Marseillais essuya un peu de sueur sur son front. D'un mouvement bougon de la tête, il remercia l'assistance et se tourna vers Simoni. A voix plus basse, il lui glissa :

— Et te manque pas. Parce que, eux, ils vont pas te manquer...

La tension était encore montée d'un cran. Le premier adjoint au maire jouait sa vie sur ce discours. Ni plus, ni moins...

— C'est vrai, je suis un politique. Et c'est vrai aussi que je me suis laissé avoir par un plus pourri que moi. Estroublanc m'a promis, par le jeu des alliances nationales, de m'offrir un poste de ministre de la Ville, si je le laissais faire ce qu'il voulait sur le Vieux Port. J'ai accepté. Et je me suis déshonoré, comme j'ai déshonoré Marseille. C'est Eddy, Switch, Bernie et le Marseillais qui m'ont fait comprendre mon erreur. J'ai réagi et, aujourd'hui, je suis recherché pour meurtre. Mais ce n'est pas ça le plus grave. Quand toute cette histoire s'arrêtera, je paierai pour tout ce que j'ai fait. Et pour tout ce que je n'ai pas fait, quand j'étais élu.

Dans son coin, blonde en bouche, Vieux Switch souriait. Entendre ça, c'était aussi bon qu'un verre de gin glacé, avalé cul sec en plein soleil.

— Tout ce que j'ai à vous dire, poursuivit Simoni, ça tient en quelques mots. J'ai trahi Marseille. Mais si vous ne réagissez pas, dès aujourd'hui, vous allez trahir votre ville, vous aussi... N'oubliez pas que Marseille vous a accueillis, vous, vos parents ou vos grands-parents. Bien ou mal, elle vous a accueillis comme une mère. Et Marseille, elle a besoin de vous. Maintenant. Que la France devienne fasciste, c'est une chose qui risque d'arriver. Mais pas Marseille. Il ne faut pas que Marseille devienne fasciste. Ce serait une insulte pour elle, pour l'Histoire, pour vous, pour vos parents et pour tous ceux qui y ont habité et qui l'ont construite, depuis 2 600 ans !

Simoni s'interrompit pour boire une nouvelle gorgée de bière. Dans le silence toujours plus compact, la voix du vieil homme retentit :

— Et pourquoi, nous, on devrait bouger ?

Avec de vraies larmes de sincérité dans les yeux, Simoni répondit sur un ton brûlant :

— Pourquoi avez-vous quitté votre pays ? Rappelez-vous pourquoi. C'est pas parce qu'en France, il y a la sécurité sociale ou les allocations familiales. Ça, c'est ce que disent ceux qui ont peur des étrangers. Vous avez quitté votre pays parce qu'ici, à Marseille, on peut vivre libres...

Un à un, il désigna plusieurs représentants des quartiers :

— En Algérie, on assassine ! En Russie, on assassine ! En Chine, on assassine ! Au Zaïre, on assassine ! Aux Comores, on assassine ! Dans les Balkans, on assassine ! Et c'est pour ça que vous avez dû partir ! Et c'est pour ça que vous avez choisi Marseille !

Comme personne ne répondait, Simoni conclut avec une voix grave :

— Maintenant, c'est à vous de choisir. Ou vous continuez à faire les autruches, ou vous payez votre dette à Marseille. Dans votre pays, c'est trop tard pour bouger. Ici, le fascisme est encore à la porte. Si on est assez nombreux, on peut lui claquer la gueule. Eddy, Switch, le Marseillais et moi, on va descendre sur le Vieux Port. On sait ce qu'on a à faire. Vous, vous prendrez votre décision comme vous l'entendrez. Le matin, c'est votre visage que vous aurez devant la glace...

Le premier adjoint au maire se rassit, en nage. Aussitôt, le Marseillais lui claqua une belle bourrade dans le dos. Toute sa bonne trogne disait que Simoni avait beau être un enculé de politique, il venait de se conduire à nouveau comme un de Marseille.

Un vrai.

TRENTE-DEUXIEME MAURESQUE

Le discours de Simoni avait frappé les responsables des quartiers de plein fouet. Tout d'abord interdits, ils refusèrent de s'engager à quoi que ce soit sous le coup de l'émotion. Pour prendre une décision en toute sérénité, ils décidèrent de s'enfermer entre eux, dans la salle de réunion de l'association d'Eddy. Après de longs conciliabules silencieux, le ton était monté d'un seul coup. Quelques insultes avaient fusé, on avait entendu le bruit sec d'une table de bois qui se casse.

Puis, plus rien.

Une heure plus tard, ils se mettaient enfin d'accord. Le vieux Marocain bouffé de tatouages se fit leur porte-parole. Ils acceptaient de défendre Marseille à l'unanimité, moins une abstention. Celle du minot à la boucle d'oreille que les anciens avaient malencontreusement assommé au plus chaud de la discussion. La conscience en congé et un œuf d'autruche bleuissant doucement sur la tempe, il avait appris à ses dépens qu'il est toujours très risqué de jouer au franc-tireur quand une unanimité se fait jour dans les quartiers.

Lorsque le vieux déclara qu'ils acceptaient de virer le Cosaque du Vieux Port, Simoni se sentit plus fier qu'un jeune pou graissé à la brillantine espagnole. Emmenés par un Eddy fou de joie, Vieux Switch, Bernie, le Marseillais et le premier adjoint investirent la cave de l'immeuble, juste histoire de se calibrer de façon convenable. Ça n'était pas la prise de la Bastille, mais quand même. Dans des caisses tombées par bonheur d'un camion conciliant, ils trouvèrent là de quoi faire jouir aux larmes toute une garnison de barbudos en attente de prendre pied à Cuba. Pendant qu'ils alourdissaient leurs poches et leur ceinture de PM, 3.57, grenades et autres fusils d'assaut, les représentants téléphonaient déjà à ceux de leurs quartiers. Les femmes et les hommes qui les accompagneraient seraient tous nickel chrome. Pas un seul qui ait viré voyou ou balance. On ne descendait pas en ville pour mettre à sac. Mais pour rendre son sourire à Marseille.

Nuance.

Peu à peu, le groupe emmené par Vieux Switch se mit à grossir dans les rues de la ville. Sans bruit et sans éclat de voix, sans bandeau ni bannière, les Marseillais des quartiers se regroupèrent derrière lui. Il en venait de partout, les yeux clairs de pouvoir montrer ce dont ils étaient capables quand la mère était en danger. Ils étaient simplement fiers de débouler sur le Vieux Port afin que leur ville reste leur ville, ni plus ni moins.

Par cette belle journée de printemps, il flottait sur Marseille une ambiance électrique et bon enfant, décidée et heureuse. Ils allaient faire sauter le vert-de-gris comme la massette fait gicler les croûtes de salpêtre sur les façades noires des cathédrales assoupies.

Avant de parvenir sur le Vieux Port, par le quartier du Panier, ils se retrouvèrent près de trois mille. Pas de flic à l'horizon. Un coup de fil de Simoni avait suffi. À un moment donné, le vieux Marocain s'arrêta et demanda à sa fille, une gamine de vingt ans avec des yeux à vous manger par une nuit d'orage, de pousser le youyou. C'était le signal. Avec un regard piqueté d'étoiles en direction de Vieux Switch, elle s'exécuta. Son cri de gorge, modulé par ses doigts, s'envola dans les airs. Aussitôt, par groupes de deux ou trois, la foule compacte se dispersa.

Au bout de quelques secondes à peine, tous les quartiers se fondirent dans la ville comme un sucre dans un café parfumé.

À bord du *Baklava*, Pétrinov donnait ses derniers ordres avant le grand départ. Ses hommes avaient fini par trouver ce qu'il cherchait. Sur la table de teck, surveillée par ce qu'il restait de sa meute de courtisanes, la fameuse cassette de Gaby Deslys brillait dans un rai de soleil. Sous sa conque marine mal dégrossie, cette boîte de Pandore n'avait pas l'air bien méchante.

En apparence...

Assis sur leur chaise, Estroublanc, accompagné comme son ombre par le poisson pilote Lechart, était tiraillé entre la joie et l'inquiétude. D'un côté, le mafieux russe mettait enfin cap au large. Il avait trouvé son coffret à trois francs cinquante et semblait satisfait. De plus, grâce aux fastes de la parade, tous les indicateurs donnaient le petit préfet en tête des sondages avec près de dix points d'avance. Encore quelques jours et la mairie serait à lui. D'un autre côté, ces mêmes sondages le donnaient perdant de presque vingt points, au cas où Simoni se présenterait.

Et Simoni courait toujours...

Dans sa tenue d'apparat, un peu de vodka finissant de sécher aux commissures des lèvres, Pétrinov devina les pensées de son invité :

— Ne tremblez pas comme ça, monsieur Estroublanc... Simoni est en cavale. Peut-être même a-t-il déjà quitté Marseille. Cette ville sera bientôt à vous... Souriez donc, cher ami !

Le petit préfet esquissa un sourire tout en nerfs. D'une voix faible, il répondit :

— Je le sais bien, général. Je le sais bien... Mais savoir

Simoni dans la nature me gêne un peu. Il jouit encore d'une certaine popularité auprès des Marseillais.

Pétrinov vint s'asseoir sur le plateau de la table. Il avala d'une bouchée l'équivalent d'un demi-kilo de Turon premier choix et observa Estroublanc avec ses petits yeux de sanglier presbyte :

— Arrêtez de vous inquiéter inutilement. Faites comme chez moi, en Russie. Appliquez la bonne vieille loi du talion. Faites régner un peu de terreur, éliminez les activistes, passez des alliances intelligentes avec la Maffia.

Estroublanc rosit alors comme une jeune demoiselle qu'un compliment bien tourné fait perler du mille-feuille :

— Mais je suis en train, général...

Avec son regard de gros diable plus chafouin qu'un marchand d'âmes rôdant sur un champ de bataille, Pétrinov reprit :

— Bien... Mais ne vous arrêtez surtout pas en si bon chemin. Prenez mon exemple... Exterminez les forts et donnez des responsabilités aux plus faibles, ils adorent ça. Et tant que vous y êtes, réquisitionnez aussi l'Olympique de Marseille, ce petit club sans envergure. Il y a quatre ans, j'ai fait la même chose avec le Celtic Bilic. Aujourd'hui, nous sommes champions de Russie. Le petit peuple aime ce genre de choses. La fierté nationale, il n'y a que ça de vrai...

Estroublanc songea un instant aux réactions des virages nord et sud du Vélodrome et déglutit avec plus de difficultés qu'un avaleur de sabres forcé à travailler malgré une angine purulente. S'il s'amusait à faire ça, les Ultras et les Winners plongeraient sans aucun doute sur l'Evêché avec la force d'un typhon bleu et blanc. Rien ne pourrait les arrêter dans leur colère. L'OM était à la ville, aux Marseillais, et à personne d'autre.

Pétrinov décolla son gros fondement du plateau de la

table et se dirigea vers une console. Avec un plaisir non dissimulé, il appuya son boudin majeur sur le bouton rouge de la sirène. Aussitôt, *Le Baklava* émit un long meuglement de dinosaure émergeant avec peine d'une cure de sommeil forcé.

— Vous voyez, cher ami, il est temps de nous dire adieu... New York, les gratte-ciel, l'Hudson River, les Nations Unies m'attendent. Et je suis impatient de montrer aux gendarmes du monde occidental ce que quelques documents, puisés dans le passé, peuvent faire pour la démocratie...

Il revint près de la table et caressa à plusieurs reprises le couvercle de la cassette :

— Vous verrez, monsieur le préfet. Vous verrez ce que quelques bouts de papiers rescapés de l'Histoire peuvent faire pour une petite République comme la nôtre...

— Je n'en doute pas, général.

Alors qu'il allait quitter la pièce, suivi par Lechart portant avec peine une nouvelle mallette bourrée de grosses caillasses, le portable d'Estroublanc se mit à sonner. Avec un petit rictus à peine constipé, il porta le combiné à son oreille et sentit aussitôt son cerveau se craqueler comme un vitrail percuté de plein fouet par un corbeau aveugle et suicidaire. D'une voix blanche, il balbutia :

— Oui... Ne quittez pas. Je vous le passe...

Et il tendit son portable à Pétrinov.

A priori, les emmerdements ne faisaient que commencer pour lui...

TRENTE-TROISIEME MAURESQUE

La discussion au téléphone ne dura pas plus de deux minutes. Quand il raccrocha, Pétrinov avait retrouvé sa tronche des mauvais jours. La voix de Vieux Switch lui résonnait dans le crâne avec une petite musique pas franchement agréable.

— Et alors ? interrogea Estroublanc, d'une voix mouillée de trouille.

Comme le général ne répondait pas et faisait consciencieusement craquer ses phalanges, le poisson pilote embraya aussi sec :

— Qui c'était ? Que vous a-t-il dit ? Qu'est-ce qu'il voulait ? Pourquoi vous...

Une gifle bien sèche, estampillée Russie, l'interrompit dans sa diarrhée verbale. Les yeux révulsés et les lèvres à nouveau fendues par le baiser cruel d'une lourde chevalière en or, il fit trois mètres en arrière, s'explosa l'occiput sur le mur de tôle et s'affala au ralenti sur le sol, béat, débarrassé de toute angoisse existentielle.

Pétrinov observa son revers de main, un rien incrédule, et constata sur un ton de regret :

— Il n'est pas très solide, votre assistant...

— Ne vous inquiétez pas. Il commence à avoir l'habitude, de toute façon.

Pendant que les courtisanes s'empressaient avec une trousse de secours autour du poisson pilote plus très frais, Pétrinov et Estroublanc montèrent sur le pont. Près de la cabine de pilotage, bien à l'abri, le Russe observa le Vieux Port longuement. Cette belle journée ensoleillée puait la poisse et la désillusion.

Par prudence, Estroublanc fit un petit pas arrière, rentra sa tête dans les épaules, et interrogea à nouveau :

— Général... Est-il vraiment indiscret de vous demander ce que voulait ce John Léopold Switch ?

Le Russe médaillé de chocolat laissa passer quelques secondes. Puis il répondit d'une façon aussi laconique qu'expéditive :

— Vous.

— Pardon ?

— Il vous veut, vous. Et le coffret de Gaby Deslys aussi, bien entendu...

— Et que comptez-vous faire ? Me livrer ?

Pétrinov caressa distraitement la crosse de son revolver réglementaire. Puis il sourit de façon inquiétante :

— Ce petit monsieur Switch m'a posé un ultimatum... À moi ! Il m'a donné cinq minutes pour réfléchir.

— Et ensuite ?

Le général frappa d'un coup sec son poing droit dans sa paume gauche :

— Si j'accepte ce marché, il laisse partir *Le Baklava*. Sinon, il attaque...

Le petit préfet regarda à son tour le Vieux Port avec un léger rire nerveux. À terre, il n'y avait ni missile, ni tank, et encore moins d'hommes en armes ou de *snipers* dissimulés dans les immeubles du Quai des Belges ou de Rive Neuve. Le calme était aussi plat que le pays du même nom.

— Vous attaquer ? Mais avec quoi ? Cet homme est complètement fou ! Vous n'allez pas vous laisser impressionner par un coup de bluff aussi grossier !

Pétrinov continuait à observer les va-et-vient incessants des voitures et des camions de livraisons. Tout avait l'air absolument normal. Un peu trop même, pour cet ancien chef de meutes habitué à tuer et violer dans les guérillas urbaines de son pays. Les guerres sales, il connaissait. Il excellait dans ce domaine.

Il murmura :

— Il ne faut jamais sous estimer son adversaire... Avant de prendre une décision, il faut toujours protéger ses arrières. On ne sait jamais...

Et, sous le regard incrédule d'Estroublanc, il aboya un de ces ordres bien trempés qui comptent dans la vie d'un homme d'équipage russe. Celui-ci avait tout intérêt à obtempérer fissa, sous peine de voir sa carrière s'achever sous la lame du Gengis Khan des basses œuvres...

Près de la mairie, dans un bar anonyme, le Marseillais jurait à nouveau sans discontinuer, façon grand genre. Outre une preuve de vitalité indiscutable, cette frénésie dans le verbe haut trahissait aussi une impatience démesurée. Son bar de l'Aviation était à peine à quelques dizaines de mètres de lui. Une fois l'affaire du *Baklava* réglée, il allait enfin pouvoir expliquer au grand jour, à mains nues et à grands coups de tronche, qu'il était le seul et unique patron du bar. Mais, pour l'instant, il devait encore attendre.

— Oh, Switch ! Qu'est-ce on fout ? On est presque aussi nombreux que l'armée chinoise, et *Le Baklava*, il est tout seul ! Si tu donnes l'ordre à tout le monde de tirer d'un seul coup, en même temps, cette barque, on t'en fait un Playmobil ! Putain ! T'as les neurones qui jouent à chat perché, ou quoi ? Je te comprends plus, là ! Je sais que je suis pas du genre à me taper le cul par terre pour faire des étincelles, mais merde : dis-moi ce qu'on attend ?

Imperturbable, Vieux Switch catapulta sa cigarette sur le sol. D'un mouvement discret de l'index, il indiqua *Le Baklava* à travers les vitres et murmura :

— On peut pas bouger. Ça sent pas bon...

Le Marseillais fronça les sourcils et regarda rapidement au-dehors :

— Et alors ? Qu'est-ce y a de plus ?

— Observe au niveau de la proue.

Après un nouveau coup d'œil plus attentif, le Marseillais blêmit. Son front se mit à pisser la sueur et une vague de colère commença à le submerger :

— Dis... C'est pas vrai. C'est pas possible. Tu crois quand même pas qu'il serait capable de faire ça, cet enculé ? Mais il a de respect pour rien, alors !

Sur *Le Baklava*, les gardes de Pétrinov se livraient à un ballet qui n'avait pas grand-chose à voir avec *Le Lac des cygnes*. Après avoir ôté une lourde plaque de tôle, ils venaient de découvrir au soleil une rampe de lancement vert-de-gris surmontée de deux missiles sol-sol, dernier cri.

Il suffisait maintenant d'un doigt pressé sur le bouton *ignition*, et la cible volerait en éclats comme un château de cartes : Notre-Dame de la Garde.

L'âme de Marseille.

TRENTE-QUATRIEME MAURESQUE

Sur le Vieux Port, toutes les fenêtres se fermèrent instantanément. Il ne fallait pas être expert en balistique pour s'apercevoir que ces gueules de missiles, pointues à souhait, étaient capables de vous transformer la moitié de la ville en une pâle copie de Pompéi. En quelques secondes seulement, les passants disparurent et les rues se vidèrent comme un évier sous l'effet bienfaisant d'une bonne giclée de soude, instillée à l'endroit le plus sensible de sa bonde.

Bref, le désert.

En revanche, les minots des quartiers prirent aussi sec cette menace comme un affront personnel. De tous les coins du Vieux Port, ils sortirent leurs crache-balles et entreprirent d'arroser *Le Baklava* d'un feu nourri. Au bout d'une minute de ce régime, seul le drapeau russe finit par ressembler à un vieux bas résille qui a trop servi. Le bateau, lui, plus blindé qu'une banque suisse chargée de blanchir l'or nazi de la seconde guerre, gîta à peine.

Dès que la première salve s'essouffla, des gardes de Pétrinov investirent au pas de course les deux tourelles des mitrailleuses lourdes et se mirent à avoiner ferme. Ce que crachaient ces souffleuses, ce n'était ni de la Floraline pour bébé, ni des céréales enrichies en fibres pour paresseux du gros côlon, tout le monde s'en aperçut. À chaque giclée, les voitures, les façades, les vitres et les chaises sur les terrasses des bars volaient en éclats.

Malgré leur amour pour Marseille, la mère patrie, tous les quartiers se réfugièrent aussitôt dans les rues adjacentes, le trouillomètre coincé sur le négatif.

C'était clair : les deux camps ne jouaient pas dans la même cour...

À cet instant, Vieux Switch, le Marseillais, Eddy et Simoni décidèrent de sortir de leur bar. Avec des sol-sol survitaminés et une artillerie pareille, la prise d'assaut du *Baklava* n'était plus de mise. Le choc frontal, même s'il aurait fini par tourner en leur faveur, aurait coûté trop cher en sang.

Les mains en l'air, ils marchèrent dans le silence et l'odeur de poudre chaude jusqu'à la passerelle du bateau. Partout, des débris abandonnés par les rafales de balles criblaient le paysage comme une vérole mal soignée. Le Marseillais glissa à Vieux Switch :

— Il est bien susceptible, ce con de Russe... Tu lui sors trois pétards et il te répond avec une mitraillette atomique de l'autre monde. C'est pas correct, ça...

Une courte rafale lui lécha les pieds. C'était vrai : Pétrinov était un gros susceptible.

— Alors, messieurs ? claironna le général. Vous voici revenus à de meilleures dispositions, semble-t-il...

Toujours protégé des tirs de *snipers* éventuels, Pétrinov souriait avec l'élégance discrète d'un hamburger revenu dans du beurre de cacahuètes. D'un geste sec, il ordonna au groupe de stationner sur le quai. Avec des gabarits comme Vieux Switch, toujours capable de vous chanter *Manon* sur les airs de *La Tosca* au moment où on s'y attendait le moins, il fallait rester prudent.

— Eh bien, Pétrinov ? interpella Vieux Switch. Vous avez réfléchi à ma proposition ?

Le Russe éclata d'un rire crasseux. Les mains sur les hanches, il lâcha :

— Franchement, cher ami... Etes-vous vraiment en mesure de négocier quoi que ce soit ? Vous ne voudriez tout de même pas, par votre arrogance, mettre votre ridi cule petite statue en danger, n'est-ce pas ?

Le Marseillais se mit aussitôt à aboyer comme un Pitbull déviationniste emmanché par un taureau shooté à la Creutzfeldt-Jacob :

— Toi, tu touches pas à Notre-Dame de la Garde ! Je te jure que si tu bouges le petit doigt, je te coupe le bras jusqu'à l'oreille gauche ! Alors, tu vas prendre ta barque de cake de Saint-Tropez et te casser rapide dans ton pays de voyous où on n'a même pas le respect de la religion ! Espèce de pirate d'opérette ! Mais regarde un peu la dégaine que t'as ! Dis-moi : c'est pas toi qui as prêté ta figure pour faire un timbre ? Va te faire humecter ailleurs, va !

Comme Pétrinov, amusé, souriait toujours, Estroublanc hasarda une remarque pour le moins malencontreuse :

— Messieurs, je vous conseille fermement d'obéir aux desiderata du général Pétrinov. Sans quoi, je...

— Ah ! Ferme-la, toi ! Et commence pas à nous niffler avec des mots qu'on y encape rien ! Desiderata... C'est quoi d'abord, un desiderata ? C'est quand t'es déshydraté, ou quoi ? Parce que moi, je commence à l'être, déshydraté ! À force de croiser des Cosaques un peu partout sur le Vieux Port, j'ai les plombs qui chauffent et la cervelle qui fond !

Il fit un pas en avant, sans se soucier des pistolets-mitrailleurs, et vint se planter sous le nez de Pétrinov. Presque conciliant, il lâcha :

— Allez... Vous trouvez pas que ça commence à bien faire cette histoire ? Quittez Marseille gentiment et laissez-nous nous débrouiller entre Marseillais. Vous avez le coffret de la chanteuse, et deux missiles pointés en plein sur la Bonne Mère : qu'est-ce vous voulez de plus ? Alors partez, maintenant. Et laissez-nous avec le petit préfet, ce voleur de bar, cet empoisonneur d'existence, ce pollueur de réputation...

Pétrinov eut une moue dubitative. Estroublanc, dans l'ombre du général, ne put réprimer un sursaut d'orgueil incontrôlé :

— Je vous signale que je représente la loi et que je suis le garant des intérêts supérieurs de la Nation, de la Patrie et de la France !

À nouveau furax, le Marseillais le reprit de volée :

— Mais c'est pas possible ! T'as trop fumé le drapeau, ou quoi ? Descends un peu ici que je t'explique bien comment ça marche, à Marseille ! Tu vois pas que tu représentes plus rien, dis ?

À cet instant, le Marseillais fut interrompu par un nouveau youyou suraigu. En réponse à ce signal de manœuvre, tous les représentants des quartiers se mirent à sortir en silence des rues parallèles. Conduits par un Eddy qui bichait comme s'il venait de faire un double petit pont à Zidane, ils étaient calmes et décidés. Les armes à la main, ils vinrent se poster sur le quai, face à la proue du bateau. Puisque même Simoni se mettait à découvert, leur place était là, en première ligne.

On aurait entendu voler un papillon.

Sur *Le Baklava*, les gardes de Pétrinov les mirent en joue. Si, par mégarde, un coup de feu partait tout seul, ça promettait de déclencher un joli carnage.

Simoni prit alors la parole :

— Estroublanc, vous avez fait assez de mal comme ça. Je vous conseille de descendre tout de suite. Je suis le premier adjoint de la ville de Marseille. J'ai toute la population avec moi.

— Un tas d'Arabes, oui !

— Et la police, aussi...

Il sortit alors un sifflet argenté dans lequel il souffla trois coups brefs. Les forces de l'ordre apparurent à leur tour, un peu gênées de devoir fréquenter les quartiers d'aussi prêt, surtout équipées de tout cet arsenal. Mais Simoni avait su convaincre leurs chefs. Et, au-delà de l'uniforme, ils étaient eux aussi marseillais avant tout.

Estroublanc blêmit un chouia. Alors qu'il allait tenter de répliquer, Simoni lâcha :

— Et ne comptez pas trop sur vos CRS. À l'heure qu'il est, ils attendent le ministre de la Justice à l'aéroport de Marseille Provence. Mission prioritaire...

— C'est vrai, cette embrouille ? demanda le Marseillais.

Avec un grand sourire, Simoni répondit :

— Non. Mais ça les promène, le temps qu'on y voie plus clair.

Face à cette foule muette, Pétrinov réfléchit rapidement et décida de parer au plus pressé. Il avait toutes les cartes en mains, y compris les jokers. Aucune raison de vouloir jouer au bravache. Si les habitants de Marseille décidaient de sacrifier Notre-Dame de la Garde et de donner l'assaut, il ne pourrait rien contre le nombre. Autant lâcher du lest tout de suite.

Avec une belle mine de Cosaque contrit, il tapota doucement l'épaule d'Estroublanc :

— Monsieur le préfet... Je crois que notre collaboration vient de s'interrompre ici...

Estroublanc ouvrit les yeux d'un dément qui aurait dévoré coup sur coup trois saladiers de champignons hallucinogènes :

— Mais général, c'est impossible ! Voyons, pas vous ! Ces hommes sont complètement fous ! Ils vont me tuer, si vous me laissez ici ! Donnez-leur Lechart, si vous voulez ! Mais pas moi !

— Lechart ?

— Oui ! Il sera parfait dans le rôle du lynché. Il fait ça très bien. Et en plus, il adore ça !

Aussi sec, il se retourna vers le poisson pilote dont les yeux s'étaient mis à clignoter à vide, à force de trouille :

— Regardez-le, général ! Il est d'accord ! Donnez-leur Lechart, soyez conciliant...

Avec un grand sourire d'empaffé King size, Pétrinov passa son bras autour des épaules d'Estroublanc et s'approcha avec lui du bastingage. Près de la coursive, il lui confia tout bas :

— Monsieur le préfet, vous avez encore oublié la règle numéro un de la démocratie...

— Que voulez-vous dire ?

D'un brusque mouvement, il saisit Estroublanc par son fond de culotte et le fit basculer par-dessus bord. Pendant qu'il tombait, Pétrinov conclut :

— Dans ma démocratie, il n'y a que moi qui commande...

Quand le préfet remonta à la surface, il se mit tout d'abord à battre des bras comme un gamin mal élevé qui fait un caprice. Puis il se mit à vomir lorsqu'il s'aperçut qu'il flottait dans un mélange d'eau douteuse, d'huiles usagées, de vase et de détritus plus ou moins bien identifiables.

Depuis la berge, le Marseillais partit à rire et le cueillit avec un grand :

— Alors, empaffé ! Elle est bonne ?

Fragile de l'estomac, Estroublanc lâcha une nouvelle couche de crème en grumeaux, puis hurla :

— C'est infect ! Sortez-moi de là ! C'est ignoble !

— Dis-moi, reprit le Marseillais, un poil goguenard. T'as déjà oublié ? *Mains propres, tête haute...* Ça te dit plus rien ?

À cet instant, Vieux Switch lança un filin secourable au préfet et le hissa hors de son bouillon de culture en cours de floculation intempestive. Il puait comme une vieille huître solitaire. Avant même qu'il puisse reprendre son souffle, il le poussa vers la passerelle et s'adressa à Pétrinov :

— On n'en veut pas. Gardez-le. Et écoutez ce qu'on

vous a dit : quittez Marseille aussi vite que vous pourrez. Ça vaudra mieux pour tout le monde...

Plein de dédain, Pétrinov haussa les épaules et retourna dans le ventre de son yacht. Au final, il avait à peu près ce qu'il voulait. Pendant que le poisson pilote séchait de son mieux son nouveau requin trop heureux de s'en tirer à si bon compte, le Marseillais s'approcha de Vieux Switch, de l'inquiétude plein les yeux :

— Dis... On va quand même pas le laisser s'en tirer comme ça, cette enflure ? Après tout ce qu'il nous a fait...

— Laisse... Tu peux retourner à ton bar. C'est fini, maintenant...

— T'es sûr ?

— Oui...

Dix minutes plus tard, *Le Baklava* disparaissait du Vieux Port avec Pétrinov, Estroublanc et Lechart à son bord.

Sur le quai, Simoni reprenait déjà les choses en mains avec de grands éclats de voix de meneur d'hommes ressuscité. Il avait plus appris en quelques jours qu'en toute une vie d'énarque. Près de lui, Blandine souriait, enfin fière de son père.

Sur le chemin du retour, Eddy et les quartiers remontaient vers le nord. Le Nouveau Mouvement du nouveau front national avait pris cher. Tous les quartiers avaient su rester d'un calme olympien. Sauf quelques-uns. Ils n'avaient pas pu s'empêcher d'avoiner un peu une troupe de fiers-à-bras suicidaires qui croyaient que l'ordre noir était réellement de retour. Tout ça s'était passé sans trop de bruit, en famille pour ainsi dire. Mais la disparition du *Baklava* et d'Estroublanc n'étaient pas ce qui leur procurait le plus de plaisir. En revanche, maintenant que les fascistes avaient quitté Marseille, c'était clair que Zizou prolongerait son contrat avec l'OM...

Les bras alourdis par une batte de base-ball, le Marseillais s'apprêtait à reprendre possession de son bar de l'Aviation. Avant de se lancer enfin dans une ultime emplâtrade jubilatoire, le Marseillais interrogea Vieux Switch :

— Dis... Pourquoi tu dis rien et tu souris en même temps ? Et, au fait, tu l'as envoyé où Bernie ? Qu'est-ce tu me caches ?

Sans prononcer le moindre mot, Vieux Switch indiqua le grand large. Puis il consulta sa montre et murmura juste :

— On y est presque...

À cet instant précis, une détonation d'une puissance extraordinaire fit s'envoler tous les moineaux et toutes les mouettes de la ville avec de grands hurlements de trouille blanche dans le gosier. Même le Marseillais eut un mouvement de recul. Interloqué, il balbutia :

— Dis, Switch, c'était quoi, ce pétard ?

— Je sais pas...

— Quoi ?

— Demande à Bernie...

Le Marseillais fit volte-face et vit le géant roux venir à leur rencontre. Torse nu et trempé, il faisait songer à un montreur d'ours. Voire à un ours tout court.

— Bernie ! C'était quoi ? *Le Baklava* ?

En silence, et un rien gêné, l'ancien artificier du Viêt-nam acquiesça. Pour se justifier, il murmura seulement :

— J'aime pas les histoires qui finissent pas bien...

Et, sous le regard interdit du Marseillais, il partit en traînant les pieds en direction du bar de l'Aviation. Au bout de quelques mètres, il se retourna et demanda :

— Au fait, ça t'ennuie si j'accueille des amies. C'est juste pour quelques jours.

— Non, bien sûr... Chez moi, c'est chez toi.

— Merci...

Et le géant reprit sa marche lourde. Le Marseillais

fronça les sourcils et, un peu inquiet, s'adressa à Vieux Switch :

— Dis... Tu les connais ses amis ?

— Quelques-unes...

— C'est des femmes ?

Pour toute réponse, il lui indiqua un ponton situé en contrebas du quai. Une à une, les vêtements collés sur les seins et les reins élastiques, trempées par les embruns de la traversée, les courtisanes de Pétrinov sortaient de deux petits bateaux à moteur attachés l'un à l'autre. Majestueuses, tirant à la fois de la chatte et de l'ocelotte, elles suivirent Bernie, leur sauveur, qui ne rêvait plus à cet instant que d'une seule chose : retrouver son lit...

— L'enculé... murmura le Marseillais.

En ami fidèle, il leur emboîta le pas, juste histoire de lui filer la pogne. Pour nettoyer le bar de l'Aviation de toutes ces odeurs de crabes noirs et de fascisme, il faudrait bien deux jours et deux nuits d'amour, de rires et de pastaga bien frais des familles.

Et encore... Deux jours et deux nuits, c'était vraiment un minimum.

A LA TIENNE, COLLEGUE !

Quinze jours plus tard, sur sa terrasse du Vallon des Auffes, Vieux Switch regardait avec un bonheur tout neuf le soleil frapper comme un sourd sur la grande bleue. Coquette et assoiffée de chaleur, elle ne demandait que ça, la coquine...

Il avala une gorgée âpre de gin sec sans glace. Sûr que le fascisme et le Nouveau Mouvement du nouveau front national n'avaient pas disparu avec Estroublanc et le feu d'artifice du *Baklava*. Mais ça avait fait du bien. Méchamment, même.

Il s'étira comme seuls les chats savent le faire. Dans son dos, Akhenaton scandait Marseille. Encore un des quartiers qui ne devait rien à *dégun*.

Ça faisait du bien.

Ma haine grandit chaque fois que Minute écrit
À déblatérer des mensonges malsains
Demandez à ma mère, si son fils est un assassin (...)
Je pensais vivre dans un pays libre, naïf
J'ai compris qu'indésirables sont les esprits non passifs
En refusant d'être un mouton, de rentrer dans le troupeau
De fermer les yeux et de tourner le dos
Au format dans lequel ils ont tenté de me faire entrer
Je me suis vu qualifié de rebelle d'une société
Hypocrite, où certains ont tant de pouvoir
Qu'en toute impunité, ils peuvent cracher sur l'Histoire...

La sonnette de la porte d'entrée résonna, suivie presque aussitôt par le martèlement des gros poings du Marseillais sur le panneau. Sans se presser, et avec un soupçon d'agacement, Vieux Switch alla ouvrir, bien décidé à jouir tout seul de cette journée plus belle qu'un corps souple d'Afro-Lusitanienne parfumée d'ambre bleu.

Il entrouvrit la porte et la bonne bouille du Marseillais se mit à rigoler :

— Salut, collègue ! On est venus s'inviter à manger !

— Qui ça : on ?

Le Marseillais força un peu l'entrée et, un doigt sur la bouche, plus théâtral que jamais :

— Tu vas voir : c'est une surprise

Sans laisser le temps à Vieux Switch de protester, il le poussa en arrière et le força à s'asseoir sur le canapé d'angle. Puis il lança, façon monsieur Loyal :

— Aujourd'hui, c'est Josiane qui régale ! Elle nous a fait sa spéciale : la soupe de poissons aux favouilles et les pieds et paquets en robe de Provence !

Sur ces mots, la grosse demoiselle de la préfecture, les bras surchargés d'une demi-tonne de marmites, fait-tout et autre Tupperware odoriférants, envahit l'espace avec un sourire de petite fille gênée.

Vieux Switch sourit lui aussi. L'attention était adorable. Au moment où il allait se lever pour débarrasser Josiane, le Marseillais, péremptoire, lui intima l'ordre de rester à sa place :

— Attends, y'a une deuxième surprise...

— Oui ?

— Parfaitement, monsieur. Nous, quand on fait les choses, on les fait bien ou on les fait pas. Je t'explique l'histoire. Bernie est pas venu parce que monsieur rend les derniers hommages foutatifs à sa colonie de vacances. Kiki-la-feuille prépare le prochain match de l'OM, et Eddy et Simoni s'occupent de la campagne des municipales. C'est pour ça qu'ils viendront pas.

— Et alors ?

L'œil malicieux de la mangouste en rut, le Marseillais s'exclama :

— Alors, on a emmené une amie à toi !

Dans le silence, la porte d'entrée laissa passer Jane. Plus anglaise que jamais, rousse jusqu'à l'incendie, toujours cambrée sur ses tours infernales et le regard pervers à déniaiser toute une armée de Messaline, elle murmura avec son accent délicieux :

— *Hi, honey*... Je me suis dit que ça ferait plaisir à tes amis de France de connaître le *Sblop*...

Sous les yeux interdits de Josiane et du Marseillais, Vieux Switch se mit à éclater d'un vrai rire de minot.

La vie était belle.

Parole.

POCHES NOIRS

1. Gérard Delteil
Mort d'un satrape rouge

2. Jacques Vettier
Juge et partie

3. Serge Quadruppani
La Forcenée

4. Gérard Delteil
KZ, Retour vers l'enfer

5. Nino Marino
Le Rouge de Pompéi

6. Jean-Baptiste Baronian
L'Été est une saison morte

7. Serge Quadruppani
Y

8. Bruce Mayence
Les Guenons

9. Zelda Popkin
Le Cadeau du mort

10. Gilles Card
Art et pratique du chaos

11. Jacques Vettier
Nécroprocesseurs

12. Jean-Paul Delfino
L'Ile aux femmes

13. Ted Escott
Opération Greenback

14. Ted Escott
Monet is money

Collection Troubles

Max Davidson
L'Interprète grec

Robert Deleuse
Monsieur Personne

Gérard Delteil
Ticket chic
Mort d'un satrape rouge

Andrea Gandolfo
Le Plagiat

Nathalie Levy
Faux départ

Alexandre Lous
Rase campagne

Nino Marino
Le Rouge de Pompéi

Georges M. Mattei
L'Homme à l'oreille coupé

Bruce Mayence
Du pain sur la planche
Les Guenons
Les Non-Partants

Akif Pirinçci
Félidés
L'Homme-tronc

Zelda Popkin
Congés pour meurtre
Meurtre dans la brume

Serge Quadruppani
Y
Rue de la Cloche
La Forcenée

Jean-Marie Thiveaud
La Nuit des monstres
(Chronomachie 1)

Jacques Vettier
Juge et partie
Tueuse sans ages
Le Rendez-vous de Barbuda

SUITES

1. *Histoires étranges et fantastiques d'Amérique latine*

2. José Luis SAMPEDRO
Le Sourire étrusque

3. Antonio LOBO ANTUNES
Le Cul de Judas

4. J. M. MACHADO DE ASSIS
Le Philosophe ou le chien

5. Horacio QUIROGA
Les Exilés

6. Paco Ignacio TAIBO II
De passage

7. Euclides DA CUNHA
Hautes Terres

8. Luis SEPÚLVEDA
Journal d'un tueur sentimental

9. Fernando GABEIRA
Les Guérilleros sont fatigués

10. J. M. MACHADO DE ASSIS
La Montre en or

11. Dalton TREVISAN
Le Vampire de Curitiba

12. *Des nouvelles du Brésil*

13. Marcio SOUZA
L'Empereur d'Amazonie

14. Alejandro JODOROWSKY
L'Arbre du dieu pendu

15. Manuel SCORZA
Roulements de tambours pour Rancas

16. José Ángel MAÑAS
Je suis un écrivain frustré

17. Antonio LOBO ANTUNES
Fado Alexandrino

18. Christoph HEIN
La Fin de Horn

19. Luis SEPÚLVEDA
Yacaré, Hot Line

20. Lídia JORGE
Le Rivage des murmures

21. Galsan TSCHINAG
Ciel bleu

22. José Luis SAMPEDRO
Le Fleuve qui nous emporte

23. Mempo GIARDINELLI
Le Dixième cercle

24. Fernando AMPUERO
Caramel vert

25. Virgilio PIÑERA
Nouveaux contes froids

26. Vinicius VIANNA
La Dernière ligne

27. Leonardo PADURA
Electre à La Havane

28. Jorge DE SENA
Signes de feu

29. Horacio QUIROGA
Le Désert

30. *Des nouvelles du Portugal*

31. Lídia JORGE
La Forêt dans le fleuve

Cet ouvrage a été imprimé par la
SOCIÉTÉ NOUVELLE FIRMIN-DIDOT
Mesnil-sur-l'Estrée
en décembre 1999

N° d'édition : 2614001 - N° d'impression :49417
Dépôt légal : janvier 2000

Imprimé en France